書下ろし

擾《じょう》乱《らん》、鎌倉の風（下）

反逆の北条

岩室 忍

祥伝社文庫

擾乱、鎌倉の風

下巻　反逆の北条

目次

黄昏《たそがれ》の源氏　目次

第四章　北条家の分裂

北条一族の野望

鎌倉政権の十三人の合議制は一年ほどで十人の合議制になってしまった。

頑固な年寄りたちの話し合いなどまとまるはずがない。

そんなことは端《はな》からわかっていた大江広元《おおえのひろもと》や入道康信《にゅうどうやすのぶ》は、もう何も言わなかった。

それは短期間で頭角を現してきた北条義時《ほうじょうよしとき》や、その父親の時政《ときまさ》に面と向かってものの言える梶原景時《かじわらかげとき》、三浦義澄《みうらよしずみ》、安達盛長《あだちもりなが》の三人が亡くなってしまったからだ。

広元は極めて冷静沈着な男で、後年、成人してから涙を流したことがないと述懐したと伝わる。

源頼朝《みなもとのよりとも》の死後は十三人合議制に反対したが、反対しても無理だと思うと引いて、事実上の政権の中心である政子《まさこ》と、その代弁者である北条義時と協調する姿勢を取った。

広元は政所別当《まんどころべっとう》という政権の中枢にいて、その舵取《かじとり》は極めて重要でもあった。鎌倉殿《かまくらどの》の源頼家《よりいえ》を怒らせないように立てながら、実権を握っている政子と義時にも配慮しなければならない。

このような綱渡りは、広元でなければできなかった。

公家《くげ》だった広元は、朝廷の実力者土御門通親《つちみかどみちちか》や丹後局《たんごのつぼね》とは、個人的に独自の連絡網を持っていて、都の情勢を的確に把握している。

広元ならではの強みだ。

内大臣土御門通親はこの年、正治《しょうじ》二年（一二〇〇）四月に六歳の土御門天皇に、その弟で四歳の守成親王《もりなりしんのう》、後の順徳《じゅんとく》天皇を皇太弟とする。

後鳥羽《ごとば》上皇と土御門通親は微妙な関係にあり、通親は上皇に配慮して、左大臣に九条家《くじょうけ》から良経《よしつね》を、右大臣に近衛家《このえけ》から家実《いえざね》を据えるなど気を遣っていた。

上皇気に入りの守成親王の皇太弟もその一環である。

二十一歳になられた上皇は院政を敷くため土御門通親を近づけず、院政機構の改革をするなど積極的だった。

頼朝の死を受けても、上皇の鎌倉に対する強硬な姿勢は変わらない。

上皇は鎌倉と妥協したり連携することなど全く考えていなかった。そこが鎌倉と融和を考えて大姫《おおひめ》や乙姫《おとひめ》の入内《じゅだい》を認めた、土御門通親や丹後局とはまるで違っている。

頼朝亡き後、鎌倉政権の十三人の合議制を見て、上皇は間違いなく鎌倉が混乱すると考えていた。

朝廷のような官位官職と、世襲制度が確立した仕組みでも、権力闘争は日常茶飯事なのだから、ましてや横並びの御家人《ごけにん》が何人集まっても、集まれば集まるほど話し合いはこじれて喧嘩《けんか》になる確率が高い。

梶原景時の事件などその前兆で、これから次々と喧嘩が始まるに決まっている。

その上、互いに武力を持っているだけに、朝廷の喧嘩とは違い、殺し合いになることは見えている。

後鳥羽上皇は鎌倉をそう見ていた。

それは順当な見方で、あとは殺し合いの結果、誰が生き残るかだった。梶原景時の事件によって、鎌倉にははっきりと血生臭《ちなまぐさ》い風が吹き始めたと思う。

上皇は冷静に見ていたが、誰が生き残るかまでは見通せなかった。

そう遠くなく二、三年もすれば、鎌倉政権がどうなるか見えてくるはずだとは思っている。

その頃、鎌倉では梶原景時の事件の切っ掛けを作った阿波局《あわのつぼね》が乳母《うば》をしている、源実朝《さねとも》の存在が浮上してきていた。

頼家が十三人の合議制以来、北条時政や政子や義時を信用しなくなっている。鎌倉殿の頼家から見ると、御家人たちからは見えない風景が見えている。政子や阿波局まで入れて、北条一族が源家の力を奪おうとしているように見えた。

その中心に、政子や阿波局が溺愛《できあい》する幼い実朝がいる。頼家は源家にとって極めて重要なところを見ていた。

源家はもう自分一人しかいないのではないか、だがどうしていいのかわからない、というのが頼家の本音だ。そこを仕切れる優秀な人材が頼家の傍《そば》にはいない。

そこに幼い実朝の影が浮かんできた。

頼家は実朝の傍の政子と阿波局を見ながら、もう一方では、既に十人になってしまった合議制を主導する時政と義時を見ている。

状況は頼家にとって極めて不利だと思えた。

迂闊《うかつ》なことをすれば、時政、義時親子は、自分を殺して幼い実朝を傀儡《かいらい》にして鎌倉政権を牛耳《ぎゆうじ》るに違いないと、頼家にもそれぐらいのことは見えている。

景時を庇《かば》えなかったことは何《な》んとも悔やまれるが、下手に庇い立てをすれば景時と一緒に潰《つぶ》されかねない。

頼家はそんな危機感さえ感じた。

六十六人もの連判状《れんぱんじょう》では抗《あらが》うことはできなかった。頼家も景時と一緒に鎌倉から出て行けと言われかねない。

正治三年（一二〇一）の年が明けると、正月が過ぎた二月十三日に朝廷は改元した。正治三年二月十三日が建仁《けんにん》元年二月十三日になった。

京と越後《えちご》では城《じょう》一族の反乱が起きていたが、五月になると鎮圧された。

そんな戦いの中で一際《ひときわ》眼を引いたのが、越後の城資国《すけくに》の娘で城長茂《ながもち》の妹の板額《はんがく》姫《ひめ》である。娘は坂額ともいうがその板額御前は、女の身でありながら弓は百発百中にて父、兄を越ゆるなりと評された。

巴《ともえ》板額といわれ源義仲《よしなか》の愛妾《あいしょう》巴御前と並び称される。

顔は童《わらし》の如《ごと》く幼く髪を上げて、矢倉《やぐら》の上に立って襲い来る輩《やから》を射れば、中《あた》るものみな死す、と恐れられた。

鎌倉軍を迎え討ち、鳥坂城《とっさかじょう》の板額御前の活躍は凄《すさ》まじかった。

「姫ッ！」

「おう、矢をもっているか？」

「はッ、十本ほどならば？」

「それでは足りぬな。百本でも二百本でも集めてここに持ってまいれ！」

「はッ、この矢倉の上は目立ちまする。お気をつけられて！」

「うむ、鎌倉のひょろひょろ矢に当たってたまるか。早く矢を持ってまいれ！」

矢倉の上の板額は北天を守る毘沙門天《びしゃもんてん》の如く、威風堂々と敵の矢を恐れることもなく立って鎌倉軍を睨《にら》んでいた。

家臣は箙《えびら》ごと矢を置くと矢倉から下りていった。

板額は箙から矢を二本抜き取ると、一本を口にくわえ一本を弓につがえると、きりきりと弦《つる》を引き絞《しぼ》ってブンッと放った。

板額の放った矢は、矢倉から敵軍に飛んでいって武将の首を射貫《ぬ》いた。板額の連射は凄まじく、確実に敵の武将を射貫いたが、十本の矢はすぐなくなり傍の家臣の矢まで敵に放った。

「矢倉の上にいるのは越後の鬼姫、板額御前と見ゆるが、相模《さがみ》の住人藤沢清親《ふじさわきよちか》の矢を受けてみるかッ！」

「おうッ！」

板額は顔をめがけて飛んできた矢を弓で叩《たた》き落とした。二本目は草摺《くさず》りで振り落とした。

だが、板額の武運はここまでだった。鎌倉軍の藤沢清親の放った三本目の矢が脚に当たって板額が倒れる。

「姫ッ！」

「無念だッ、矢倉に上ってくる敵を追い払えッ！」

板額は太刀《たち》を抜いて矢倉に殺到する鎌倉軍と戦った。だが、寡兵《かへい》ではいかんともしがたく板額は捕虜になってしまう。

板額が倒れると、急に力を失った城軍がたちまち崩壊した。

その板額が鎌倉に送られてくると頼家の面前に引き据えられた。童顔ながら死を覚悟した板額の振る舞《いや》いは卑しからず清々《すがすが》しいものだった。

「そなたが板額か？」

「はい！」

「越後では勇ましかったそうだな？」

「恐れ入ります。俘虜《ふりょ》の身でありながら、鎌倉殿のお顔を拝し、お声までかけていただきましたること、板額、今生《こんじょう》の誉《ほま》れといたしたく存じまする。鎌倉に弓を引きましたる段、容赦《ようしゃ》なくご成敗《せいばい》賜《たまわ》りたく願いあげます」

そう板額が頼家に願い出ると、納得して頼家がうなずいた。

「うむ、良い覚悟だ。その首、刎《は》ねて遣《つか》わす！」

「しばらくッ、しばらくッ！」

そう叫んで頼家の前に飛び出した武者がいた。

その男は甲斐《かい》源氏の一族で弓の名手である浅利義遠《あさりよしとお》だった。五十三歳になる老将だが戦いに明け暮れてきた。

壇《だん》ノ浦《うら》でも奥州《おうしゅう》合戦でも弓で戦功をあげてきた武将である。甲斐八代《やつしろ》浅利を領していた。

義遠は板額の堂々たる振る舞いに感銘し、同じ弓の名手としてここで死なせたくないと思った。

「鎌倉の御大将に申し上げまする！」

「なんだ？」

「恐れながら、板額のなしたること万死《ばんし》に値《あたい》しまするが、御大将のご慈悲をもって罪一等を減じ、わが室《しつ》にお下げ渡しくださるよう願いあげまするッ！」

「妻にするというのか？」

「はいッ、お許しをいただけますならば、甲斐に連れ帰り板額との間に武勇に優れた子をもうけ、御大将や朝廷に忠義を尽くさせたく存じまするッ！」

この甲斐源氏浅利義遠の言葉を聞いた頼家がニッと微笑《ほほえ》んでうなずいた。

「好きにせい！」

頼家の言葉に義遠が頭を下げて板額を貰《もら》い受けた。

この後、板額御前は甲斐に移り住み義遠に愛されて、一男一女をもうけ生涯を過ごしたという。板額御前は美貌と豪勇を備え六尺二寸（約一八六センチ）あったと伝わる。

人の人生は邂逅《かいこう》によって決まる。

どこで誰と出会うかによって大きな幸運が訪れたり、無慈悲な不幸が訪れたりするものなのだ。

板額姫は豪傑浅利義遠と出会うことができた。

義遠の豪勇を認め、板額の罪を許した頼家もなかなかどうして、鎌倉源家の御大将として将たる振る舞いである。

こういう話を聞くと広元や入道康信は、鎌倉殿も立派になられたと思うが、そうは思わない者たちがいる。ことに時政や政子や義時や阿波局たちは露骨に嫌《いや》な顔をした。

頼家はこの四人とは距離を置いている。

危険だった。

頼家は比企能員《ひきよしかず》の娘若狭局《わかさのつぼね》を妻にしていることから、比企一族の掌中《しょうちゅう》の珠《たま》と考えられていた。事実、頼家は比企一族を手厚く扱っている。

一方は、阿波局が実朝の乳母であり、政子が溺愛していることから北条一族の玉は実朝と考えられた。

既に、鎌倉は比企と北条とに二分されつつあった。

安達景盛《あだちかげもり》事件の時、政子は邪佞《じゃねい》の輩といって頼家の側近たちを憎んだという。頼朝を支えてきた比企一族と北条一族が激突する可能性が出てきた。

そんな緊迫が鎌倉に広がると息苦しいのが頼家だった。

生来、頼家は自由奔放で息苦しいことが嫌いだが、鎌倉殿にはなったが十三人の合議制などと、わけのわからないことを言われ、有力御家人たちに鎌倉殿の権利すらも厳しく制限された。

その悔《くや》しさは若い頼家には耐えられない痛みだった。

そんな時に頼家の鬱屈《うっくつ》した気持ちを晴らしてくれるのが、近頃、急に好きになった蹴鞠《けまり》遊びと巻狩《まきが》りだった。

その時ばかりは頼家が嫌なことをすべて忘れられた。

京から蹴鞠の名手山柄行景《やまがらゆきかげ》を鎌倉に呼んで、連日、蹴鞠に熱を入れて遊んだ。

巻狩りでは多くの犬を飼って可愛《かわい》がった。

だが、お前はいらないと言われた男の無念さはそんなことでは収まらない。

ある時、奥州の社領の境争いがあって絵図が運ばれてきた。すると頼家はろくに絵図を見ないで筆を執《と》ると、絵図の真ん中に筆で墨の線を真っ直ぐに引いた。

「運次第にせい！」

そう言って投げ捨てた。

頼家にとって領地の大きさなどどうでもよいことだ。

大小を争うなら好き勝手にすればいいということである。所詮《しょせん》、十人の合議制という名のもとに義時たち数人で決めることだろうと思う。

それを見かねたのか義時の長男泰時《やすとき》十九歳が、頼家の近臣中野能成《なかのよしなり》を呼び出し生意気にも親の威を借りて意見した。

ところがこの後、能成は時政の間諜《かんちょう》になり、頼家の動向を密告するようになるのだから恐ろしい。

頼家は徐々に北条一族に追い詰められていくことになる。

当然、頼家は激しく反発した。

「政所別当を呼んでまいれ！」

近習《きんじゅ》に広元を呼びに行かせる。広元は急いで頼家の御前に駆けつけた。

「政所に全国の田文《たぶみ》があるな？」

「はい、ございます」

頼家のいう田文とは、田の所有者や広さを記した土地台帳のようなもので、全国の分が政所に保管されている。

「それを見せろ！」

「それを見て、御大将はどのようになさるおつもりかお聞かせ願えませぬか？」

広元が鎌倉政権の存立基盤である土地台帳を頼家はどうするのかと思う。

「別当はわしの悔しさがわかるか？」

「はい、充分にわかっておりますが……」

「ならば、何も言うな」

「しかしながら、田文に手を付けますと取り返しのつかないことになりかねませんが？」

「御家人は土地にしがみついているからか？」

「はい……」

「その御家人をみな敵に回してみたいものだ」

「そのようなことを申されては困ります」

「無力のわしにできると思うか？」

頼家が自嘲《じちょう》気味に微笑んだ。広元は鎌倉殿とは名ばかりの頼家の深い悲しみを知った。だが、広元にはどうすることもできない。

その数日後、頼家から命令が出た。

それは過激なものだった。

御家人が古くから持っていた土地は別として、頼朝から受けた新恩の領地は五百町を限度とし、それを超えた分は没収の上、無足《むそく》の者、つまり土地を持っていない者に分け与えるというものだった。

この命令には十人の宿老《しゅくろう》を始め、大きな土地を頼朝からもらった全ての御家人が反対、批判の声を上げた。

「珍事、珍事、一寸たりとも土地を手放すことはない！」

事ここに至って頼家は本当にすべての御家人を敵に回した。御家人から土地を取り上げて、無足の近習たちに分け与えるつもりだと声が上がった。

頼家と、大きな土地を持っている有力御家人との溝が決定的に深まった。

御家人たちは自分の土地に触られると、鎌倉殿であれ朝廷の誰であれ怒り狂うのだ。それほど、領地は御家人にとって大切なものだった。

広元には十三人の合議制を決めた有力御家人への、頼家の子どもじみた嫌がらせだとわかっていた。

その結果がどうなるかもおおよその見当がついた。

頼家の命が危ない。

広元には北条一族の野望が見えていた。たとえ頼家でも、北条一族は容赦しないだろう。ことに義時は頼家の殺害もしかねない残忍さを持っている。

わかっていても広元にはどうすることもできない。おそらく、頼家もその危険をわかっていてしているのだと思う。

若い頼家が徐々に壊れていくのは悲しいことだ。

だが、そこがまた北条一族の狙いなのだから無惨なことになるのは見えていた。

北条時政は明らかに源家から政権を乗っ取り、鎌倉そのものを呑《の》み込んでしまいたいのだと広元は感じている。

その罠《わな》に頼家が徐々に落ちつつあった。

政子の嘘《うそ》

頼家は同年齢の泰時の諫言《かんげん》に激怒したという。

それにしても、この泰時という男のことを、頼家は駄目だが泰時は素晴らしいと、書き伝える辺りが恣意的《しいてき》でいやに怪しい。

何がなんでも頼家を悪者にして北条一族が正しいと言いたいようだ。

建仁二年（一二〇二）の年が明けると正月二十八日に京の九条兼実《くじようかねざね》が出家した。圓證《えんしよう》と法号を授けられた。

朝廷から完全に身を引いて仏道に身を置くことになった。

その頃、鎌倉でも頼家が追い詰められていた。

正月二十九日に頼家は亀ケ谷《かめがやつ》の中原親能《なかはらちかよし》の屋敷に蹴鞠に行こうとした。すると政子に呼び止められた。

「源氏の大切な老臣新田義重《にったよししげ》殿が亡くなって幾日も経っていないのに、ご遊興とは人の誹《そし》りを受けましょうぞ。おやめなさい」

その政子の諫言に、頼家は何も言わずに従い部屋に引き返した。だが、頼家の腹の中は煮えくり返っている。

「ふざけやがって、今さら母親面をするんじゃない！」

そう叫びたい頼家だ。

ほとんど母親らしい愛情を掛けられた記憶がない。それでも、頼家は政子を一度ならずも蹴鞠の宴に招いていたのだ。

頼家らしく源氏の棟梁《とうりょう》として、母親に今生《こんじょう》の別れを告げていたのだ。

政子の前で蹴鞠に興じる頼家は実に楽しそうだったという。だが、その自分を産んだ母には疎《うと》まれている。

もう二十一歳の頼家には何もかもわかっていた。

母が子の命を所望するなら潔《いさぎよ》くくれてやろうと思う。政子の前で鞠を蹴る頼家は誇らしげであったとさえいう。

哀れ源氏の御曹司《おんぞうし》よ。

すべてを知る広元だけが悲しい頼家の心をわかっていた。

その頃、京に一人の白拍子《しらびょうし》がいた。

その白拍子は父が藤原《ふじわらのう》右衛門《えもんのじょう》尉為成《ためなり》という公家だった。建久の頃、その為成が讒言《ざんげん》され奥州《おうしゅう》に追放された。妻は嘆き悲しんで亡くなってしまい七歳の娘だけが残された。

その娘はやがて美しき白拍子になった。

春三月、鎌倉も花の季節を迎えるとあちこちの屋敷で宴が開かれた。

頼家が比企能員の屋敷で開かれた花見の宴に出向くと、その頼家の前で白拍子が見事な舞を披露した。

かつて、鶴岡八幡宮《つるがおかはちまんぐう》でしずやしずしずのおだまきと舞った、静《しず》御前《か》とはこのような白拍子だったかと思う。

頼家はその白拍子を傍近くに呼んだ。

「そなたが微妙《びみょう》というのか？」

「はい、鎌倉さまにはお招きを賜《たまわ》り身の誉れにございます」

「一献どうか？」

「はい、有り難くちょうだいいたします」

微妙が紅の唇《くちびる》を濡《ぬ》らして頼家の盃《さかずき》を呑み干した。

「東国へ来たのにはわけがあるそうだな。話せるのか？」

「はい……」

微妙は頼家に盃を返すとぽつぽつと父為成のことや母のことを語った。

「父の行方を捜すため舞の修行を積んで、東国まで赴《おもむ》きましてございます。これから奥州まで参りたく存じます」

白拍子の衣装に微妙の涙がこぼれた。

「鎌倉から奥州まではいっそう難儀である。わしがそなたの父を探してやろう」

「勿体《もったい》ないことにございます」

「構わぬ……」

微妙の話に同情した頼家が傍の能員を見る。

「探せるか?」

「はい、すぐ人を向かわせて調べまする」

「うむ、そうしてくれ……」

微妙の話を聞いて能員も感動していた。比企屋敷からすぐ奥州に人探しが派遣された。その数日後、微妙の話を聞いた政子が頼家の御所を訪ねてきて、白拍子の舞を見てから微妙を引き取った。

政子も微妙の身の上を聞いて同情したのだった。

八月になって奥州に派遣された使いが帰ってきて、微妙の父藤原為成が既に死去していることが判明した。

微妙は落胆して泣き崩れたが、十日ほどが過ぎると禅僧栄西《えいさい》を訪ね、父の菩提《ぼだい》を弔いたいと申し出て弟子になると出家する。法名を持蓮《じれん》と号した。

政子はそんな微妙を哀れんで深沢《ふかさわ》里の辺りに庵《いおり》を与えた。

その微妙を秘かに愛して通じていた御家人の古郡保忠《ふるごおりやすただ》が、甲斐《かい》に使いをしている間に微妙が出家したのに怒り、栄西の門弟たちの部屋に押し込んで問いただすなど、乱暴を働いたため僧たちが御所に逃げ込む騒動になった。

保忠はそれを追って僧たちを打ち据えるなど、狼藉《ろうぜき》を働いたため政子に厳しく叱られたという。

そんな騒動が収まり、夏が来ると京の朝廷は七月二十二日に、頼家を従二位に上階《じょうかい》させて征夷大将軍《せいいたいしょうぐん》を宣下《せんげ》した。実に難しい時の征夷大将軍宣下だった。

というのは、もう頼家は十三人の合議制という軛《くびき》を掛けられて、既に、鎌倉殿の自由が束縛されて動きが取れない。

そこに征夷大将軍が宣下されてもほとんど意味がなかった。

この先の鎌倉政権の将軍は有名無実化され、執権が置かれて得宗《とくそう》と呼ばれる北条家がすべての権限を奪うのである。

そんな将軍が頼家に宣下された。

鎌倉では日に日に時政と義時の力が強まった。二人の後ろには政子がいるため、どうすることもできない。

わずかに政子に抵抗できるといえば頼家しかいない。

だが、その頼家も政子と話すことはほとんどなかった。母親に愛されない息子の行き場所はどこにもなく孤独だ。

秋になると京に異変が起きた。

九条兼実を失脚させた最大の実力者、内大臣土御門通親が十月二十一日に急逝《きゅうせい》したのである。五十四歳だった。

土御門通親が亡くなると後鳥羽上皇の力が急速に強くなる。

後白河法皇も源頼朝も亡くなり、九条兼実が出家し土御門通親が亡くなった。

院政を目指す上皇の権威が強くなるのは当たり前だった。

こうなると上皇の傍に仕える者の力も変わってくる。上皇の乳母だった藤原兼《けん》子《し》こと卿《きょうの》局《つぼね》とその弟の藤原範光《のりみつ》が急速に台頭してきた。

土御門通親が亡くなる前から通親が擁する土御門天皇より、上皇が守成親王を溺愛したため、その親王を後見する兼子と範光姉弟と通親が対立していた。

それが通親の死で一気に噴き出し、通親に代わって兼子が取り仕切るようになった。

朝廷の権力争いも目まぐるしい。

藤原兼子が現れ、通親の死によって丹後局こと高階栄子《たかしなのえいし》の力が急速になくなり、ひっそりと朝廷から去ると、かつて夫だった業房《なりふさ》の領地に帰り、そこにある浄土寺《じようどじ》に入って浄土寺二位と呼ばれた。

諸行無常、沙羅双樹《さらそうじゆ》の花の色と言いたいところだ。

鎌倉だけでなく朝廷も大きく変わろうとしている。鎌倉に義時がいるように、京には後鳥羽上皇がいた。

そんな激動の予兆をはらんで建仁三年（一二〇三）の年が明けた。

一月二日に頼家の嫡男一幡《いちまん》が鶴岡八幡宮に参詣すると、神がかりした巫女《みこ》を通して「今年中に関東で事件が起きる。若君が家督を継いではならない。崖《がけ》上の樹の根はすでに枯れている」と不吉な宣託《せんたく》がある。

若君は家督を継いではならないとは、父親の頼家が亡くなるということを意味しているか、一幡の死を暗示しているかいずれかである。崖上の樹の根はすでに枯れているとは一幡のことではないかと思われた。

この時、頼家の嫡男一幡は六歳だった。

何んとも不吉な託宣である。年の初めから鎌倉には黒雲が湧き起こっている。この話を聞いた頼家は北条一族の謀略が始まったと感じ取った。このような話は根も葉もない噂《うわさ》に過ぎないことが多い。

だが世の中にはそういう噂を無責任に信じる者が少なくない。そのうち根も葉もないのにそれらしきものがついてしまうから怖い。

一ケ月後の二月四日には、千幡《せんまん》こと実朝十二歳の鶴岡八幡宮の参詣があり、義時と結城朝光《ゆうきともみつ》が従った。

そういう北条の挑発に頼家は打つ手を考える。

三月になると頼家が体調を崩した。このところ気持ちに余裕がなく徐々に追い詰められている気がする。

その頃、比企能員も北条時政からの挑発を受けていた。

時政と義時の親子は梶原景時の次は、頼朝と頼家の源家二代の乳母を務めて、武蔵《むさし》に確実な勢力を築いた比企一族を放置できなかった。

言い方を変えれば、頼家は梶原景時と比企能員に支えられた政権といえる。

ここに至って気になるのは頼家を見捨てたような政子の動きだ。頼家からは母政子が弟の実朝を擁して北条家大切に傾いたと見える。

頼家の長男一幡には先の見込みがない。

体調不良がいつまでも快方に向かわなかった。そんな時、先に頼家が動いた。

五月十九日の真夜中、子《ね》の刻《こく》（午後一一時〜午前一時）、頼家の命令で阿野全《あのぜん》成《じょう》が謀反《むほん》の疑いで大倉御所《おおくらごしょ》に監禁される。

翌二十日に頼家が政子に使いを出して、阿野全成の妻阿波局を引き渡すよう要求するが、政子はそれを拒否した。

頼家は知らぬふりをしていたが、梶原一族を滅亡させた仕掛けは、阿波局が結城朝光を訪ねて、梶原景時に殺されるとわざわざ告げ口したからだ。

その告げ口は政子や北条一族があなたに味方すると言っていることだ。阿波局の後ろには夫の阿野全成がいる。

源家の一人である阿野全成が自分を陥《おとしい》れるなど許せない。

五月二十五日に阿野全成が常陸《ひたち》に配流《はいる》と決まる。

六月二十三日になって頼家の命令で八田知家《はったともいえ》が阿野全成を誅殺《ちゅうさつ》する。

全成を殺害した八田知家は平家追討の時に義経《よしつね》軍に従軍した。その時、義経が無断任官で頼朝の逆鱗《げきりん》に触れたが、同じ時に八田知家と小山朝政も右衛門尉《うえもんのじょう》に任官していた。

怒った頼朝が「鎮西《ちんぜい》に下向する途中に京で任官するなど、怠《なま》け馬が道草を食うようなものだ。けしからん！」と、二人を激しく罵倒《ばとう》したことがあった。

頼朝の怠け馬の道草とは、愛嬌があって実におもしろい言い方だ。こういうことはよく起きることだ。こう叱られると「御大将に悪いことをした」と素直に謝るしかない。

この時、頼家が阿野全成を誅殺した理由は、頼朝が亡くなると、全成が北条時政や義時と結び実朝を擁して、源氏の棟梁《とうりょう》たる頼家と対立したからである。

それは源家の内紛でもあった。というのは梶原景時を死に追いやる切っ掛けを作った阿波局の夫阿野全成は、頼朝の弟で、義朝と常盤《ときわ》御前との間に生まれた今《いま》若丸《わかまる》だった。

つまり全成は義経の同母兄である。

義経の牛若丸《うしわかまる》は鞍馬寺《くらまでら》に預けられたが出家せず、兄の今若丸は醍醐寺《だいごじ》に預けられて出家して隆超《りゅうちょう》と名乗った。

やがて全成と名乗り、以仁王《もちひとおう》から令旨《りょうじ》が出たことを知ると、秘かに寺を抜け出して関東に走り、佐々木定綱《さささきさだつな》たちと偶然に出会い、相模高座渋谷《こうざしぶや》に匿《かくま》われるが兄の頼朝が石橋山《いしばしやま》の戦いに敗れ、下総《しもうさ》の鷺沼《さぎぬま》にいることがわかると駆けつける。敗軍の将で苦しかった頼朝が反撃に出ようとする矢先で、合流した兄弟は泣いて喜んだという。

義経より早い兄弟の出会いだった。

黄瀬川《きせがわ》の頼朝と義経の出会いは派手で有名だが、頼朝と全成の鷺沼の出会いは地味でまったく知られていない。だが、頼朝にはこの上なく心強かったのだ。

頼朝は全成に武蔵長尾寺《ながおじ》を与え、政子の妹の阿波局と結婚させた。その阿波局は実朝の乳母になった。

そこで阿野全成は実朝を擁立しようとする北条時政、政子、義時、阿波局らと結んで頼家と対立したのだ。それは源家の頼家に対する背信行為だ。

そのあたりの事情を知っている頼家は、阿波局をも捕縛しようとしたのだが、姉の政子が匿って引き渡しを拒否する。政子と頼家の対立が決定的になった。

母政子は源家の人ではない。それが明らかになり頼家の心は張り裂けそうに痛んだ。

政子や義時の動きを見ながら、頼家は着実に手を打ち、七月十六日には、京にいた阿野全成の息子の頼全《よりまさ》も東山延年寺で誅殺させた。

頼家の振る舞いは危険だ。

だが、頼家にしてみれば座して死を待つより、北条一族に先制攻撃を仕掛けるしかなかった。苦しい戦いになることはわかっている。

頼みは比企一族だけだ。

暖かくなると頼家の体調も回復した。

体調がよくなると若い頼家は御所でおとなしくしていられない。六月に入ると頼家が伊豆に出かけて狩りをしたが、早く鎌倉に帰りたくて帰り病《やみ》になってしまう。

少しおとなしくしていればいいのに、反頼家勢力に対して元気なところを見せておかなければならない。

それは味方にも同じだ。

鎌倉殿の将軍頼家はいたって元気だ。刃向かうつもりなら覚悟しろという威勢を見せておきたい。

だが、それが裏目に出た。

七月になると頼家が急病で倒れる。どの程度の病かわからない。頼家は誰とも会わなかった。慎重な時政と義時はなかなか姿を現さない。

すると富士《ふじ》の人穴風穴《じんけつふうけつ》に探索の人を入れたから頼家に神罰が下ったと噂が広がった。

先に攻撃を仕掛けた頼家と、じっと様子を窺《うかが》っている北条一族の虚々実々の駆け引きである。

その頃、京でも事件が起きていた。

七月二十一日に頼朝と親しかった文覚《もんがく》が、土御門通親の死後に佐渡《さど》から京に戻されたが、ほどなくして後鳥羽上皇に謀反の疑いをかけられた。

流罪《るざい》を命じられるが今度は佐渡ではなく、遥かに遠く朝鮮に近い対馬《つしま》に流されることになった。だが、旅の途中で倒れ九州鎮西太宰府《だざいふ》において死去した。

三度までも流罪にされる文覚の人生は、仏と向き合いながらも波瀾万丈《はらんばんじょう》の壮絶な生き方であった。

文覚は生涯でただ一人の愛した女を、自らの手に掛けて殺してしまい、その袈裟《けさ》御前の傍に行きたかったのかもしれない。だが、人はその時が来なければ容易に死ぬことはできないのだ。

文覚の袈裟御前に対する供養の旅が九州で終わった。

夏になって頼家の容態が悪化した。

八月二十七日に頼家が危篤との報が飛び交った。すると北条時政と義時が動いた。すぐ、将軍職相続の評議が行われる。十人になった合議制だがもう六、七人が集まればよい方だった。

誰も厄介な問題の責任は取りたくない。

毎回欠かさずに出席しているのが元気な広元だ。だが、聞かれない限り差し出た発言はしない。

この日の評議で決まったのは実に奇妙なものだった。明らかに北条時政と義時が決めたとしか思えない内容であった。

それは露骨に過ぎる源家の分断である。

頼家は源家のすべてを一幡に相続させようと考えていた。それは嫡流《ちやくりゆう》であり当然のことだった。

だが、それでは北条家が困る。

比企一族の力が強くなり過ぎると考えられた。

そこで時政と政子と義時が奇妙なことを強引に押し込んできた。

頼家の将軍職というよりは鎌倉殿の最大の権利、全国支配の惣守護《そうしゅご》と惣地頭《じとう》のうち全国惣守護職と関東二十八ケ国の惣地頭職は頼家の長男一幡が相続、関西三十八ケ国の惣地頭職は実朝が相続するというものだった。

源家の嫡流でない実朝に惣地頭職を相続する権利などない。

頼家に子がなく後継者がいないということなら。弟の実朝が継承するということはあり得る話だ。

だが、頼家には一幡という正当な後継者がいる。

この決定は明らかに源家の力を半減させようという策略でしかない。場合によっては源家を潰してしまえというふうに見えた。

鎌倉殿には一幡がなるのか実朝がなるのかわからない。鎌倉殿などいらないというふうにも見える。

京の朝廷から与えられた将軍職より、源家が伝統的に東国で勝ち取ってきた鎌倉殿の方が御家人にとってははるかに重いのだ。

源家が時政と義時によって風前の灯火《ともしび》になってしまう。

それに頼朝の妻であり、頼家の母で一幡の祖母である政子が、実家の北条に同意しているのだから、もう、源家の命運は尽きかけているとしか言いようがない。

政子の実朝溺愛は頼家一家を見捨てたのだ。

このように全国を二分割する鎌倉殿や、征夷大将軍など聞いたことも見たこともない。

だが、それをごり押ししようとする北条一族に、全ての御家人が恐れをなして反対できない。

梶原景時一族のようにはなりたくない。

北条一族が、一幡と実朝の、甥《おい》と叔父の争いを誘って、その間に入って漁夫の利を得ようとしている。

将軍の権利を二分して乱を呼び込もうとしているとしか思えない。

それが頼家に対するとどめの一突きであり、比企能員に対する強烈な挑発であった。評議で激突することを避けた能員は、熟慮して北条と戦う決意をする。

戦うしかない。

平家の北条が源家を潰しにきていることは明らかだ。

御台《みだい》の政子が頼家を見限り、幼い実朝を傀儡に鎌倉を乗っ取って、北条の政権にしたいのは見え見えだ。

ところが、その実朝すら先々どうなるかわからない。

政子がいなくなれば、義時が間違いなく邪魔になった実朝を殺すだろう。実朝もいつまでも幼くはない。

成人すれば北条の鎌倉政権乗っ取りに我慢できなくなる。その時は邪魔者として殺されてしまうだろうと能員は考えた。

すると御台の政子がその正体を現した。

九月一日に政子は朝廷に鎌倉から使者を出し、頼家が死去したと虚偽の報告をするよう命じて上洛《じょうらく》させた。政子は朝廷に嘘《うそ》を言ったのである。

それに伴い十二歳の千幡こと実朝に家督相続をさせたいと許可を求めてきた。

というのはこの時、実朝は元服しておらず千幡と呼ばれていた。

幕府はというより実朝を将軍にしたい時政、政子、義時が焦っていた。

兎《と》に角《かく》、実朝に将軍宣下をしてほしいというのだ。

嘘も酷いが、孫の一幡にとってはとんでもない婆《ばあ》さんで、将軍の実子が祖母によって吹き飛ばされた。

全国の惣守護職は一幡が相続したはずなのだ。

それは将軍職を継承するということではないのか。それを政子は将軍を実朝だというのだから、暗に孫の一幡を殺すと言っているようなものだ。

ということは、あの正月の鶴岡八幡宮の巫女の託宣は、政子の差し金ということになるのではないか。

源家滅亡の黒幕は政子なのかということになりかねない。

そこまで母親に嫌われた頼家こそ哀れだ。

鎌倉の史書がこぞって頼家を極悪人に仕立てなければならない理由がここにある。御台の政子を庇わなければ鎌倉の史書は書けないのだ。

それを書き残すためには、鎌倉政権を乗っ取った北条家を正当化し、なんでもいいから頼家を暴君、極悪人、地獄の鬼、鬼畜に仕立てないことには、鎌倉政権を乗っ取れないし北条家を救えない。

だが、悪事千里を走るとはよく言ったもので、歴史の彼方《かなた》で消された真実が、数百年の時を経て浮かび上がってくることは珍しくない。

朝廷に頼家が死んだと偽《いつわ》りを伝えるなど人として母としてあってはならないことだ。頼家を追い込んだのは母親の政子なのだ。

子どもにはかわいい子もいれば、まったくかわいくない子もいる。

どんな子でも母と血肉を分けた子である。実家が大切なのはわかるが、政子の振る舞いには納得できない。

九月二日に比企能員は将軍御所を訪ね、頼家の妻で自分の娘である若狭局と話した。

「鎌倉殿の様子はどうか？」

「このところ少し楽になったようで、快方に向かっているのではないかと思います」

「そうか、まだ若いのだから、病の方で退散するつもりなのであろう」

「ええ、そう思います。それで今日は一幡のことで？」

「うむ、評議で決まったことを話すが、鎌倉殿に話す時は穏やかに興奮しないように話せ。よいか？」

「はい……」

「惣守護職と関東二十八ケ国の惣地頭職を一幡さまが相続、関西三十八ケ国の惣地頭職を実朝さまということだ」

「まあ、そのようなことに……」

「時政と義時だ。一幡さまと実朝さまのことだけを穏やかにお伝えしろ」

「はい、お父上はしばらくここで？」

「うむ……」

若狭局が部屋から出ていった。頼家の病間には入ると香の匂いがする。

「一幡のことか？」

「はい……」

「どんなことか？」

「それが……」

若狭局があまりに言いにくいことで口ごもった。

「わしが驚くと思っているのか？」

「はい……」

「そうか、そういうことか……」

頼家が妻の若狭局を見てニッと笑った。何んとも優しい顔だ。

「もう、なにがあっても驚いたりはしない。わしは源氏の棟梁だ。死ぬときは戦って死ぬと決めているが、それは今ではない。話せ……」

頼家が若狭局をじっと見る。

「はい、それでは申し上げます。惣守護職と関東二十八ケ国の惣地頭職を一幡さまが相続いたしました……」

「ほう、関東二十八ケ国か、残りは実朝か?」

「はい……」

「愚か者たちが、源氏を真っ二つにしおったか……」

頼家が病臥《びょうが》したまま眼をつぶった。その眼尻から涙が流れる。それを見て若狭局も泣きそうになった。

「爺《じい》はまだいるのか?」

「はい、あちらの部屋に控えております」

「そうか、呼んできてくれ……」

「はい……」

若狭局が父親の能員を呼びに出ていくと、頼家は病間から人払いをして一人になった。死ぬ時が近づいているように思う。

比企《ひき》一族の滅亡

比企《ひき》一族は藤原北家秀郷流《ふじわらのほっけひでさとりゅう》という。

秀郷は魚名流《うおなりゅう》で、別に俵藤太《たわらのとうた》という名を持つ弓の名人で豪傑である。藤原秀郷は武蔵の国司で武蔵守鎮守《ちんじゅ》将軍である。その末裔《まつえい》が比企一族である。

秀郷は若き頃、京を出て瀬田《せた》の唐橋《からはし》にさしかかった。

すると唐橋に巨大な蛇《へび》がからまって通行を妨げていた。人々は橋のたもとに集まって渡れないでいる。

秀郷は弓を抱えスタスタと唐橋を渡っていくと、大蛇《だいじゃ》を踏んづけて渡っていった。と大蛇が変じて龍女となった。その美しい姫が「近頃、鳰海《におのうみ》に三上山《みかみやま》の大《おお》百足《むかで》が出て、たいへんに苦しめられております。退治していただきたくお願い致します」と言う。

腕自慢の秀郷は龍女の願いを聞いた。

ところがその大百足はとてつもなく大きかった。足は松明《たいまつ》が二、三千本もありそうで、三上山を七巻半もしている。

炎のように燃える大きな目でにらんでいた。

秀郷は臆することなく箙《えびら》から矢を抜いて弓につがえると、その燃える眼に射込んだが、カチンッと矢が跳ね返された。もう一本射込んだが同じように跳ね返された。

三本目を箙から抜くと矢に唾をつけ「南無八幡《なむはちまん》！」と唱えて、ひょいと放つと、その矢がランランと燃える目にグサッと刺さった。

大百足は大暴れしながら退散する。

すると龍女が大喜びで、使っても使っても尽きない絹の巻物や、使っても使っても米の尽きない俵などを秀郷に送ったという。

以来、俵藤太と名乗ったというのが百足退治の物語である。

藤太とは藤原家の太郎で長男という意味だ。このような本朝第一の豪傑の末裔が比企一族だと伝わる。

頼家がしばらく待つと若狭局に連れられて比企能員が現れた。

誰もいないのを見て若狭局が病間から出ていった。香の煙が筋になって部屋に漂っている。

「お元気そうで何よりにございます」

「爺、仮病だ……」

ニッと微笑んだ頼家が褥《しとね》に起きようとする。その背中を比企能員が支えた。頼家は仮病だと笑うほど元気になっていた。

「やるのか?」

「はい、北条はわざわざ乱を招くようなことを仕掛けてまいりました」

「実朝だな?」

「はい、御台さまもそのように決めたように思われます」

「うむ……」

「昨日、御台さまが京へ使いを出されたとのことにございます」

「朝廷にか?」

「おそらくは、そうかと思います」

「爺、もう、あの者のことは言うな……」

「はい……」

頼家が政子をあの者と言った。寂しそうな顔だ。

「討伐の命令を賜りたく存じます」

「倒せるか?」

「わかりません。梶原殿もあのようになりましたので……」

「もう道はないか?」

「ございません。北条は戦いを仕掛けております。これは源家と平家の戦いと心得ております」

「そういうことだな……」

「北条討伐のご命令を賜りたく存じます」

「わかった。許す」

「畏まってお受けいたしまする」

ついに頼家は北条を討てと命令した。この二人の密談を秘かに隣室で聞いていたものがいた。

その男が政子のところに走った。

「御台さまッ、御大将と比企殿が……」

頼家と能員の密談が漏れた。

政子の使いがすぐ北条屋敷に駆け込んでいった。

北条時政の動きが速かった。

先手を打ち、まず広元に会いにいった。

「比企能員がわしを討つと鎌倉殿から許しを取ったそうだ。わしは討たれる前に比企を討つ、別当殿に同意してもらいたい」

だが、時政の言葉に広元は返事をしなかった。

「そうか、同意はできないか、それなら黙認してもらいたい」

それにも広元は返事をしなかった。だが、それは時政にとっては黙認するということである。

その頃、名越《なごえ》の時政の屋敷では薬師如来《やくしにょらい》像を作り、それが完成したため供養の法要を行おうとしていた。時政はそこに比企能員を呼んで謀殺しようと考える。

知らぬ振りでその支度《したく》が進められ能員が招かれた。

能員は屋敷を出る時、時政に疑心を持ったが仏事のためと言われて断れば不自然だ。まさか、北条家で死の罠《わな》を張っているとは思わずに向かった。

周到な罠が待っていた。

門を潜って大玄関の前で馬を下りた。

その時、ギーッと門扉の締まる音がした。

「しまったッ！」

「図られたッ、逃げろッ！」

能員たちが走って逃げようとしたが、バラバラッと飛び出してきた北条家の郎《ろう》党《とう》に囲まれた。

門扉が閉まる間から二人ばかりが外に逃げ出した。

能員と家臣が六、七人の小勢ではいかんともしがたい。襲い掛かってくる四、五十人の北条軍と戦うにはあまりに非力だった。

「皆殺しにせい！」

時政の下知《げじ》が飛んだ。

「斬り殺せッ！」

北条軍に押し包まれて比企能員が討死《うちじに》する。

「比企《ひき》ケ谷《がやつ》に押し出せッ！」

北条軍が次々と屋敷を飛び出すと比企ケ谷の比企屋敷に殺到する。二人が逃げ込んできて、取り急ぎ比企屋敷でも一族郎党が集まって応戦の構えを取っていた。

その頃、政子も比企追討の軍兵に出陣を命じていた。雲霞《うんか》の如くというから相当の軍勢を政子は比企ケ谷に差し向けた。

そこの小御所で一幡が育てられていることを政子は知っていた。だが、一幡を助け出せとは命じない。

比企一族は一幡の小御所に立て籠《こも》って応戦するしかなくなった。

比企の軍勢はまだ支度が整わず圧倒的に少なかった。政子が謀反であると言って比企討伐の命令を下したのだからどうすることもできない。

鎌倉にいる御家人が一斉に兵を出した。謀反という政子の命令で義時を大将にして、義時の息子の泰時、平賀《ひらが》、小山《おやま》、畠山《はたけやま》、三浦《みうら》、和田《わだ》、土肥《どひ》、工藤《くどう》などの大軍勢が小御所に襲来する。

「踏み潰せッ！」

「敵は寡兵だぞッ！」

「押せッ、押しつぶしてしまえッ！」

「謀反人を皆殺しにしろッ！」

攻める大軍には勢いがある。政子が謀反だと言えば、比企一族は謀反であり、北条一族が何をしたかは問われない。何をしようが正しいことになる。

「押し返せッ！」

「屋敷から追い払えッ！」

「御所に入れるなッ！」

比企軍が必死の応戦だ。

寡兵ながら比企一族は良く戦い一度は義時軍を追い払う。

だが、押し込んできた畠山軍が強い。

「攻め潰せッ！」

畠山重忠《しげただ》軍の猛攻に、さすがの比企軍もじりじりと押されてついに力尽きた。

「御大将ッ、お供仕りまするッ！」

「お先にまいりますッ！」

比企軍は一幡の前で次々と自害した。それと一緒に小御所に火が入り、頼家の嫡男一幡も焼死してしまう。六歳の一幡は泣き叫びながら炎に呑み込まれた。

鎌倉の大軍に包囲されて逃げるのは不可能と思われるが、愚管抄《ぐかんしょう》によればこの時、一幡は小御所から脱出に成功したのだが、十一月になって捕らえられ北条義時の手勢に刺殺されたという。

いずれにしても将軍になるべき頼家の嫡男で、源氏の正嫡は義時に殺されたのである。

政子の使いは九月七日に京に到着する。

この時、朝廷の動きが異常に速かった。

その日のうちに、千幡に実朝という名を与え、元服したことにして従《じゅ》五位下の官位が与えられ、ほぼ同時に征夷大将軍《せいいたいしょうぐん》が宣下された。

朝廷においても政子の力は絶大だった。

その同じ七日に阿波局の知らせで、実朝を義時邸に移し、比企一族が全滅した事件を聞いた頼家が激怒し、太刀を握って立ち上がると、それを政子が押さえつけ、頼家に出家を命じたのである。

頼家はすべてが終わったことを悟った。

将軍御所の近習がすべて処分される中、頼家は最後の抵抗を試みる。侍所の別当和田義盛《よしもり》を呼び、北条時政を討ち取れと命じるが義盛はそれを拒否する。その義盛もやがて北条によって滅ぼされる。

政子は頼家を伊豆《いず》修善寺《しゅぜんじ》に護送させ監禁してしまうことにした。

わが子の頼家を政子は完全に見捨てた。

その根底には頼家を実朝とすげ替えたい北条家の考えがあったからだ。それに実家の北条家に刃向かう頼家は危なくて鎌倉には置けない。

政子は頼家が伊豆修善寺に送られれば、遠からず殺されることを知っていてそれを容認した。

時代がそうしたのかもしれないが、なんともいいようのない悲しい母と子ではあった。

この一連の事件はなんだかでき過ぎていて、こんな歴史は筋書きがあるようでどことなく気持ちが悪い。

だが、事実である。いや、事実といわれている。

義時が望み、頼朝の仲介で結婚した比企朝宗の娘、姫の前《ひめのまえ》と義時は事件の直後にすぐ離婚する。姫の前の一族を皆殺しにしたのだから当然だ。

一族と一緒に殺されないだけ幸運である。

行き場のない姫の前は、生き残った数人の郎党に守られ、上洛して源具親《ともちか》と再婚することになる。

その後、義時は継室に伊賀朝光《いがともみつ》の娘で、後に義時に毒を盛る伊賀の方と結婚した。歴史は珍妙にして奇々怪々である。

政子に見捨てられた頼家は、三百騎に護衛され伊豆修善寺に送られて幽閉された。

この伊豆の地は父頼朝が流人《るにん》となったところであり、平家打倒の旗揚げをしたところでもある。

二十数年後にその頼朝の長男が、この地に幽閉されるとは誰が考えただろう。

その皮肉を政子はどう受け止めていたのか無惨というしかない。

比企一族の滅亡と頼家の幽閉によって、頼朝が作った鎌倉政権はここで事実上終焉《しゅうえん》したと見るべきである。

頼朝の鎌倉は頼朝、頼家、一幡の三代で終わった。

ここから先の鎌倉政権は、政子と義時姉弟の政権であり、平家の政権と見るのが妥当である。

それゆえに、源氏の足利《あしかが》と新田《にった》が鎌倉政権を潰すのだ。

従って実朝は源家ではあるが平家への移行期の残骸と見るべきだ。

九月十六日には北条時政が実朝に代わって、関東下知状《かんとうげちじょう》なる文書を発給した。

これは重大な文書で御家人の所領安堵《あんど》を決めるものだ。

署名は時政だけの単独である。自分が鎌倉殿だと言わんばかりの振る舞いであった。そんな権限は時政にはない。

だが、この時から北条時政が鎌倉政権の執権になったといえなくもない。鎌倉殿しかできないはずの所領安堵を単独で行った意味はそこにある。

絶対権力を時政が握った。

十月に入ると鎌倉の御家人たちが続々と西に向かった。

たちまち鎌倉が空になった。

その御家人たちが八日には遠江《とおとうみ》の北条屋敷に集結した。そこには新将軍になった実朝十二歳が、鎌倉の騒動から危険のない遠江に匿われていた。

北条時政の掌中の珠である。

鎌倉ではまだ千幡と呼ばれていた。遠江に駆け付けたのは、北条時政、大江広元、安達景盛、和田義盛らで、百余人が集まった。

目的は千幡を正式に元服させて、鎌倉幕府三代目征夷大将軍源実朝として鎌倉に迎えて、政権の正統性を内外に示し、幼い実朝を傀儡《かいらい》にして、北条一族が堂々と政権を握るためである。

この頃、すでに政子、時政、義時の北条一族の狙いに誰もが気づいていた。だが、北条家の力は、というより政子と言った方が適当かもしれないが、鎌倉殿の頼家を易々と捕縛するほどの大きな力になっていた。

その証拠に、翌十月九日には北条時政六十六歳が、大江広元五十六歳と並んで政所別当に就任する。鎌倉幕府の実権を実朝の後見として事実上北条時政が握った。

梶原景時一族を滅ぼし、比企一族を滅亡させ、頼家を極悪人として捕縛、伊豆修善寺に幽閉してしまうなど、時政と政子の父娘にはもう誰も異を唱えることはできない。

まさに北条一族こそ源家に対する謀反人であり、悪逆非道な権力亡者として糾弾されなければならないのだ。

だが、歴史の中では巨悪こそ正義と言われることがある。

権力とはそういうもので、権力は勝者のみが手にできるものだからであろう。

この北条一族の源家からの政権簒奪《さんだつ》こそ、歴史の襞《ひだ》の中に隠された巨悪であり、世の人々が知るや知らずや正義と信じた実相なのだ。

鎌倉の史書以外には、北条一族の謀反と書かれたものも少なくない。世の中の眼というものは結構本質を見ていることがある。

十三人の合議制もついに九人となり、権力が北条一族の手に握られて、合議制などほぼ無意味になった。

事実上、執権北条時政が誕生したのがこの比企一族の滅亡時だったといえる。

まさにこの時、平氏一門の北条氏の惣領時政が初代得宗《とくそう》になったといえる。

歴史上は霜月《しもつき》騒動後の鎌倉政権を得宗専制と呼ぶが、得宗専制はすでに時政、政子、義時によって成立していたと見るべきである。

頼朝の妻として名門源家を守るべき政子が、その源家を滅亡させることになるのだから、なんとも不思議な巡り合わせの運命であろう。

本来であれば、若く未熟な頼家を政子が支えながら、源家の繁栄を中心になって作るべき立場だった。

頼朝が急死したのだからそれが順当な考え方である。

だが、政子はそうはしなかった。ここに政子という人の本当の姿が浮き彫りになる。その評価は人によって大きく違うだろう。

兎に角、政子は実家の北条家が大切だったのだ。

十一月になると伊豆修善寺に幽閉されている頼家から政子に書状が届いた。そこには深山の幽棲《ゆうせい》はいまさら徒然《つれづれ》を忍びがたしとあり、かつての近習が生きているなら幽棲への参入を許してほしい。また、安達景盛への勘発《かんぽつ》が所望であると記してあった。

勘発とは過失を責める譴責《けんせき》のことだ。

だが、政子は頼家の二つの願いとも認めなかった。

その数日後、政子は三浦義村《みうらよしむら》を傍に呼んだ。

「修善寺のことだが、どのような様子か聞いているか？」

「いいえ、存じ上げませんが……」

「調べてくれぬか、書状の望みは叶わぬとも伝えてもらいたい」

「御台さま……」

「いいから行け、修善寺のことを知りたいのじゃ」

「はい、畏まりました。しかし、幽閉の身であれば……」

言い返そうとする義村を政子がきつい眼で睨んだ。

「四、五日後には報告いたせ！」

「はッ！」

義村は御所を下がると義時の屋敷に駆け込んだ。この頃、将軍実朝は時政の屋敷で育てられている。

「姉上が修善寺のことを知りたいというのか？」

「はい、書状のこと叶わぬと、これから馬を飛ばして行ってまいります」

「うむ、ほどほどに見てくればいい……」

「はい！」

義時は修善寺に幽閉されている頼家が、どんな扱いを受けているか知っていた。

伊豆の修善寺は北条家の領地である。

幽閉といえば聞こえはいいが、貴人の扱いを受けることなく獄舎に入れられ、とても源家の嫡男が受けるような待遇ではなかった。

どんな理由があろうとも源家は北条家の主家である。頼家は無礼な扱いを受けるいわれはない。

その獄舎の前に義村がうずくまった。

「誰だ？」

「義村にございます」

「そうか、望みは叶わぬか、わしの様子を見にきたのだな？」

「御大将……」

「何も言うな。すべてはわしの不徳だ。三浦、わしの心配事はただ一つだ。一幡は小御所で死んだと聞いたが、他の子らはどうなったのか知っているなら教えてもらいたい」

「はい……」

義村は次の言葉が出なかった。

「知っていることを漏らせばいい……」

「はッ、恐れながら詳しいことは存じあげませんが、一幡さま以外はみなさまご無事と聞いております」

「そうか、無事か……」

頼家には四男一女の子がいた。長男の一幡が六歳だから他の子たちはみな幼かった。牢獄《ろうごく》につながれても頼家は、親として子らの安否を心配していたのだ。

だが、この時は確かに無事だったが、やがてその子たちも悲惨なことになる。

次男公暁《くぎょう》は実朝を鶴岡八幡宮で暗殺して討たれて死ぬ。

三男栄実《えいじつ》は信濃《しなの》源氏の泉親衡《いずみちかひら》が北条義時を倒そうと戦いを挑み、その時に栄実こと千寿丸《せんじゆまる》が、御大将として担がれるが戦いに敗れて自害する。

四男禅暁《ぜんぎょう》は兄の公暁の実朝暗殺に加担したと疑われ、義時が派遣した刺客によって京で殺害される。

頼家の四人の男の子はすべて政子と義時に殺されてしまう。

ただ一人生き残ったのは鞠子《まりこ》こと後に竹御所《たけのごしょ》と呼ばれる女の子であった。

政子は自らの行いの罪滅ぼしのように、この鞠子を傍に置いて四代将軍藤原頼経《よりつね》の御台にするが、三十三歳の時に初産するも難産で男の子を死産、その後、産後がよくなくほどなくして鞠子は死去する。

源家はこの鞠子の死をもって跡形もなく消えてしまうのである。

「三浦、わしは元気だと母上に伝えてくれ……」

「はい！」

背を向けて座る頼家は痩せてやつれた顔は見せなかったが、暗がりから聞こえてくる細々とか弱い頼家の声に義村はうずくまったまま号泣した。

「御大将……」

「もう行け、さらばだ……」

「はッ！」

義村はあまりに悲惨な頼家に泣きながら獄舎の前から立ち去った。

その義村の復命を聞いた政子は、頼家がどんな扱いを受けているかを悟った。

政子は悲嘆したという。

だが、政子の立場ははっきりしている。

頼朝が亡くなり、政子は頼朝の妻ではあったが、この頃の女たちは嫁いだ家よりも実家との縁が深かった。だからといって自分の産んだ子が、どうなってもいいというわけでは決してない。

御家人たちが権力争いをする中で、政子は源家より実家の北条家がどうなるかが重要だったことは確かである。

その政子の考えは生涯貫かれることになる。

それが正しかったか間違っていたか、鎌倉の史書が何かを隠し、何かを守ろうとしてもそれは歴史が顕正《けんしょう》するところだ。

虫の音

建仁四年（一二〇四）の年が明けて鎌倉は北条家のものとなった。その二月二十日に改元が行われ、建仁四年二月二十日が元久《げんきゅう》元年二月二十日となった。

落魄《らくはく》の身の入道頼家は修善寺の境内《けいだい》に出ることがあった。その傍には妻がいつも一緒にいた。

近所の子どもたちが遊んでいると、頼家はその中に入って楽しそうに遊んだ。頼家と妻が思うのは、残してきた子どもたちのことである。近所の子らが元気に遊ぶのを見て、妻は泣くことがしばしばだった。

伊豆の修善寺は山号を福地山《ふくちざん》といい、正式名は福地山修禅萬安禅寺《しゅぜんばんなんぜんじ》という。開基《かいき》は大同《だいどう》二年（八〇七）、弘法大師《こうぼうだいし》空海《くうかい》によって開かれ、当初の寺名は桂谷《けいこく》山寺《さんじ》と称したと伝わる古刹《こさつ》である。宗派は空海の真言宗《しんごんしゅう》であった。

建立《こんりゅう》された地名が修善寺だったことから、鎌倉時代に入ると修善寺と地名で呼ばれるようになった。

その鎌倉時代も中ごろの寛元《かんげん》四年（一二四六）に南宋《なんそう》から蘭渓道隆《らんけいどうりゅう》が来朝して、臨済宗《りんざいしゅう》に改宗されると、寺名が修善寺から修禅寺と善が禅に変更される。

その後、畠山と足利の戦乱や大火災によって荒廃するが、相模や伊豆を支配した伊勢新九郎《いせしんくろう》こと北条早雲《ほうじょうそううん》が、曹洞宗《そうとうしゅう》の寺として再興することになる。

北条早雲は謎の多い人物で、北条と名乗ったからには、北条家と伊勢家は何《な》んらかの関係があったのだろうが不明である。

そんなことから時政や義時の北条家に対して、早雲の北条家は区別して後北条《ごほうじょう》と呼ぶことになった。

この謎多き北条早雲こそ、力のみで一国を支配する戦国大名の嚆矢《こうし》である。

修善寺川には湯が湧き出て、出湯《いでゆ》の里としても伊豆で最も古い。

その昔、修善寺川で病の父の体を洗う少年がいた。

それを見た弘法大師空海が川に下りて行くと、手に持った独鈷《とっこ》で傍の岩を打ち砕いたという。するとそこから滾々《こんこん》と湯が湧き出た開湯伝説がある。

それを独鈷の湯という。

親孝行な少年のために弘法大師空海は慈悲の湯を開いてあげたのであろう。

その湯は千年を過ぎても枯れることがない。

古くから数多《あまた》の文人墨客《ぶんじんぼっかく》がこの地を訪れ、弘法大師空海の慈悲の湯に身も心も浸《ひた》したのである。

頼家の悲しい修善寺物語や、この里に悲しきものの二つあり範頼の墓と頼家の墓、と正岡子規《まさおかしき》が詠《うた》ったのも空海の慈悲の賜物《たまもの》であった。

そんな悲劇がやがて頼家と妻を襲うことになる。

三月に入ると鎌倉では北条義時が相模守に昇進した。

すでに、父親の時政は鎌倉政権随一の権力者として、広元を押さえ執権とも得宗ともいえる立場に立っている。

新たに鎌倉殿となった将軍実朝は幼く、時政がいなければ何もできない状況にあった。母の政子は頼朝の御台《みだい》さまとして隠然たる力を持っている。

表の時政と裏の政子という鎌倉政権に、北条義時が相模守として正式に合流した形になった。

無敵の北条一族になりつつあった。

この頃、京では後鳥羽上皇が院政を確立し、朝廷の除目《じもく》も上皇主導で行われるようになった。

公家《くげ》にとって春と秋の除目は極めて重要である。

そのために公家たちは権力者に近づいて猟官《りょうかん》運動をするのが常だ。そんな中で、九条家に近い公家で藤原定家《さだいえ》という歌人がいた。

九条兼実の庇護《ひご》を受けて正四位下まで順調に上階したが、三位公卿《さんみくぎょう》を前に九条兼実が失脚すると定家の昇進も止まった。

定家は内蔵頭《くらのかみ》、右馬頭《うまのかみ》、大蔵卿《おおくらきょう》のいずれかへ任官したいと思っていた。だが、これればかりは思うようにはいかない。

歌人としては赫々《かっかく》たる名声があった。

その定家が後鳥羽上皇の除目は偏《かたよ》っていると不満をいうような状況だった。

実力者の藤原兼子が病臥したと聞くと、定家は正装の束帯《そくたい》姿で見舞いに出かけるなど猟官に腐心している。

藤原定家が従三位侍従に昇進するのは七年後、五十歳の高齢になってからである。

藤原兼子への猟官が奏功するのは、その三年後で参議に、その二年後にようやく正三位に上階する。

それでも失脚した九条兼実に連なる定家は幸運な方であった。

芸は身を助けるで、定家の歌があまりに素晴らしかったからではないかと思われる。

その定家がやがて後鳥羽上皇の内裏《だいり》の歌会で、官途《かんと》に対する不満を詠い逆鱗《げきりん》に触れてしまう。

勅勘《ちょっかん》を賜り公的に和歌を詠うことが禁じられる。

公家にとって官位昇進の振る舞いはなかなか難しい。ことに除目は権力と絡んでいて実に厄介なのだ。

後鳥羽上皇は朝廷をその手に掌握している。

鎌倉政権に対する上皇の考えは相変わらず厳しかった。隙あらば潰してしまいたいのである。

後鳥羽上皇がそんなことまで考えているとは鎌倉では誰一人考えていない。

考えていないというより、鎌倉では次々と騒動が起こって、考えている暇がないといった方が正しいだろう。

夏になるとまだ幼い将軍実朝が病悩する。

身の回りに様々なことが起きると幼い子は高熱を発したりするが、この頃、十三歳になった実朝に縁談の話が持ち上がっていた。

実朝の正室には足利義兼《よしかね》の娘が予定されていたが、実朝が納得せず都の公家の姫を迎えることになった。

実朝は和歌をよくする将軍で、歌人の卵として都の文化に憧れている。

そこで京の公家の娘から選ぶことになった。

そう簡単に決まる話ではない。

その頃、京都守護は門葉《もんよう》筆頭で実朝元服《げんぷく》の加冠《かかん》役を務めた平賀義信《ひらがよしのぶ》だった。義信は六十二歳と高齢だが息子に次男の朝雅《ともまさ》がいて、時政と牧の方《まきかた》の娘を妻に迎えていた。

その朝雅が、この四月に伊勢で起きた平氏の残党の乱を鎮圧して名を上げている。その平賀朝雅は後鳥羽上皇の覚えがめでたく破格の扱いを受けていた。

というのも平賀家は清和源氏河内流新羅三郎義光《しんらさぶろうよしみつ》の子孫で、父の義信は義光の孫、朝雅は義光の曽孫という名門だった。

ただ、朝雅の祖父盛義《もりよし》は義光の四男で嫡流ではなかった。

それでも頼朝とは近い血筋にあり門葉筆頭となっていた。

その平賀朝雅が伊勢《いせ》、伊賀《いが》の守護だったが、京に向かい、実朝の御台を京から迎えるための交渉役を務めることになった。

その頃、伊豆の修善寺に幽閉されている頼家のところに、生き残りの近臣が近付いていると義時に知らせた者がいた。それは頼家が書状で政子に願ったことの一つだが、その願いはかなわなかった。

それを頼家暗殺の口実にされた。

七月十八日に義時の暗殺命令を受けた北条軍が秘かに修善寺を包囲した。

頼家は月を楽しんでから湯殿に向かった。その後から湯殿の世話をする妻がついていった。

いつものことである。

妻は万一のことを考え秘かに袋に入れた太刀《たち》を隠し持っていた。

頼家は湯衣《ゆい》になると湯殿の前で立ち止まった。

「なにか？」

「いや、虫の音かと思った」

「虫の音でございますか？」

妻が耳を澄ました。

「確かに、コロコロと……」

「もう、秋か……」

「はい……」

二人が湯殿に入ると虫の音が止んだ。

「虫の音が？」

「止んだようだ。外に誰か来たのであろう」

その瞬間、戸を蹴破って鎧《よろい》武者が飛び込んできた。

「曲者《くせもの》ッ！」

妻が叫びざま手にした太刀を頼家に渡し、帯に挟んだ短刀を抜いて頼家の前に立った。

「おのれッ！」

「どけッ！」

叫びざま鎧武者が妻を袈裟《けさ》に斬り下げた。

「うッ！」

悲鳴を上げることなく妻が湯殿の入り口に倒れた。その隙に頼家が袋から柄《つか》を出して太刀を抜き放つと鞘を捨てた。

「うぬらッ、北条だなッ！」

武芸には熱心な頼家だ。腕に自信はある。だが、鎧武者に湯衣のままではまったく不利だ。それに湯殿では場所が狭い。

「その首ッ、刎《は》ねて遣《つか》わす。来いッ！」

頼家は二人の鎧武者を湯殿から廊下に押していった。

刺客は頼家の腕前を知っていて慎重だ。廊下には月明かりが射し込んでいる。

屋敷の中も外も鎧武者であふれていた。

「義時ッ、いるかッ！」

頼家が叫んだが返答はない。その頃、義時は鎌倉で知らせを待っていた。

「時政かッ、臆病者がッ！」

義時と時政を罵《ののし》って頼家が鎧武者に襲い掛かっていった。一人対三十人か五十人かわからない戦いが始まった。

痩《や》せ衰《おとろ》えた頼家は幽鬼のようにふらつきながらも、確かな腕で鎧武者の首に太刀を突き刺して、一人、二人、三人と倒すが次々と新手が現れる。頼家もあちこちを斬られ白い湯衣が鮮血で染まった。

頼家一人を殺すのに鎧武者が何人も血に染まって手古摺《てこず》った。

暗がりから手綱のような紐《ひも》がスルスルと飛んで来て頼家の首に絡みついた。

「そっちの足を押さえろッ！」

「その腕も押さえろッ！」

「早くふぐりをつかめッ！」

「殺せッ！」

頼家と鎧武者数人がもつれあった。押さえつけられた頼家が鎧武者の首に噛《か》みついて肉を噛み切った。

だが、頼家の抵抗もそこまでだった。

頸《くび》に緒《お》をつけ、ふぐりを取りなどしてころしてけり、という。

頼家の急所をつかんで動きを止めると、あちこちから次々と太刀を突き刺して殺害した。壮絶な頼家の最期だった。

鎌倉には頼家が死んだとだけ知らされる。

政子は頼家が伊豆に送られた時からこうなることをわかっていた。だが、頼家を助けようとはしなかった。

頼家はこの時、二十三歳と若かったため、生かしておいては禍根《かこん》を残すとでも思ったのか。もし、生かしておいて頼家が復活するようなことがあれば、北条一族が滅ぼされるとでも思ったのか。それとも政子は子を食らう鬼女なのか、その心の中は誰にもわからない。

ただ、はっきりしていることは、この頼家の死によって、頼朝が築いた源家の鎌倉政権は幕を閉じ、北条時政とその娘の政子、息子の義時による平家の鎌倉政権が始まったことは間違いない。

実朝はその傀儡というにも及ばない存在でしかない。十三歳の実朝に鎌倉の政権を動かす力はない。もし、実朝がそんな考えを持てば北条一族に即、殺される。

もはや、鎌倉の政権に源家が復活する余地はなかった。

その実朝の正室を京の公家から迎えるため、新羅三郎義光の曽孫、平賀朝雅が交渉に当たっていた。

その朝雅が眼をつけたのが坊門信清《ぼうもんのぶきよ》こと藤原信清の娘信子《のぶこ》十二歳だった。

坊門家は三条坊門に邸宅を持っていたためそう呼ばれている。

坊門信清の姉殖子《しょくし》は高倉《たかくら》天皇の妃で七条院《しちじょういん》と呼ばれ健在だった。従って、坊門信清は後鳥羽上皇の外叔父になる。

その娘の坊門信子は年齢的にも実朝とぴったりだった。

坊門忠信《ただのぶ》と忠清《ただきよ》らの兄がいた。そういう兄たちがいることは京における実朝の評判には有利だ。

この婚姻に後鳥羽上皇も反対はしなかった。

朝雅が鎌倉の御家人としては珍しく後鳥羽上皇に気に入られ、破格の扱いを受けていたことがよかった。

すぐ鎌倉に使いが出され、坊門信清の娘信子を正室にすることが決まった。

公家の姫を迎えたいというのが都に憧れている実朝の希望だった。時政にすれば、実朝がおとなしくしていてくれるならどんな望みでも聞いてやる。

都の姫を鎌倉に迎えることぐらいどうにでもできることだ。袖《そで》にされた足利義兼の娘が可哀そうだ。

鎌倉で早々に話がまとまると、将軍実朝の正室を迎えにいく大役が時政の息子政範《まさのり》に決まった。その北条政範はまだ十六歳だが時政と後妻の牧の方との間に生まれた子で、十六歳ながら従五位下と官位が高かった。

それが何を意味するかというと、時政が義時ではなく、貴族の出である牧の方が産んだ、政範を後継者と考えていると思わせる。

嫡男宗時は頼朝の旗揚げの時に戦死した。

次男は北条家を出て江間小四郎《えまこしろう》という。義時である。その義時が本家に直って北条義時となったが、政範が生まれて北条家の後継話が変わってきた。

その政範が表舞台に出てきた。

もちろん、兄の義時はおもしろくない。

時政が貴族の家系である牧の方が産んだ政範を溺愛して、自分の後継者と考えるのは勝手だが、そんなことが簡単に認められる話ではない。

そう義時が反発するのも当然だ。

こうなると政範の命が危ない。頼家の次に義時の標的になるのは弟の政範ということになる。

義時は時政の次に鎌倉政権の執権になり得宗になると信じている。

本来であれば、京に行くのは政範ではなく自分だと義時は思うが決定は政範になった。たとえ父親でもあまり露骨に自分をないがしろにすると容赦《ようしゃ》しない。

四十二歳の義時には頼朝に近侍《きんじ》してきた誇りもあれば、北条家を陰《かげ》に陽《ひ》にここまで支えてきたのは自分だとの思いもある。

いきなり後継者は政範だと言われても納得できない。

義時には邪魔者でしかない。

十月も末になって、北条政範が京の公家坊門信清の娘信子姫を、将軍実朝の正室に迎えるための使者として、鎌倉の御家人を大勢率いて上洛した。

京に到着した鎌倉の一行を、平賀朝雅が十一月四日の夜に、平賀屋敷で盛大な宴を開いて歓迎した。

ところが、酒を飲んだ勢いなのか、その宴席で平賀朝雅と畠山重忠の嫡男重保《しげやす》が喧嘩《けんか》を始めた。何が原因だったのかよくわからなかった。

興奮した二人が立ち上がってつかみ合いになりそうになる。周りの者たちが間に入ってその場は収まった。

酒の上の喧嘩は若い者にありがちで、分別をわきまえた者は、酒を殺して飲むぐらいの礼儀はわきまえたい。

この喧嘩が乱を呼ぶことになる。

翌十一月五日に事件が起きた。

坊門信清の娘信子姫を正室に迎えるための使者、北条政範十六歳が原因不明のまま急死したのである。

誰も予想しない青天の霹靂《へきれき》とはこういうことだ。

混乱する京からすぐ鎌倉へ早馬が飛び出していった。

鎌倉では政範の死と、平賀朝雅と畠山重保の大喧嘩の報を受け取って、時政はひっくり返り意識を失いそうなほど仰天した。

京で何が起きたというのだ。そんなことがあっていいはずがない。

鎌倉でも大騒ぎになった。

何よりも将軍実朝の正室を迎えにいった政範が、都で急死するとは考えられない。馬上でにこやかに元気よく鎌倉から出ていったではないか。

牧の方は自分が産んだ唯一の男の子の死に、気が狂わんばかりに泣き叫び手が付けられない。

政範の死の真相は誰にもわからない。

義時に疑いの目が向けられたが、義時は鎌倉にいて政範を殺した証拠などない。

迂闊《うかつ》なことを口走れば、鎌倉はたちまち大乱になり四分五裂になって政権が吹き飛んでしまう。

実朝を溺愛する政子が動いた。

兎に角、何があっても坊門信清の娘信子姫を鎌倉に迎えることが第一だ。

政子は騒ぎを鎮静化させるために動いた。だが、この政範の急死が北条家の分裂の切っ掛けになる。

そんな騒然とした中で病弱な実朝が再び病悩した。

何がどうなっているんだか、あっちもこっちもおかしなことになって政子は気の休まることがない。

妹の阿波局に命じて実朝の容態を報告させる。

十二月には信子姫が鎌倉に下向《げこう》してくると決まったのに、それを迎える将軍実朝が病では目も当てられない。

義時は屋敷に籠って静かにしている。

迂闊に動いていらぬ騒ぎに巻き込まれるのを警戒していた。その夜、義時が政子の前に現れた。

「義時、いよいよ坊門家の姫が下向してくるぞ」

「はい、将軍さまのお望みですから……」

「そうだな……」

政子は京の事件のことを義時に聞かなかった。

実は、この実朝の婚姻について、すでに北条家は二つに割れていたのだ。

政子と義時は東国の勢力をより結集するため、源氏の名門足利義兼の娘を正室に迎えるべきだと考えていた。

ところが時政と牧の方は違っていた。

時政というより牧の方は京の方を向いていて、自分と姻戚関係にある坊門一族の姫をと考えていた。

時政の屋敷で育った実朝が都に憧れるのは当然だった。

牧の方の娘婿である平賀朝雅の娘は、坊門忠清の愛妾でもあり坊門家とのつながりも深かった。

そんなことから時政も朝廷とのつながりを考えた。

大納言坊門信清は後醍醐《ごだいご》上皇の外叔父という朝廷の重鎮でもあった。政子と義時は頼朝のように朝廷に近づくのは好まない。

この考えの違いは小さくなかった。

こういう違いが深い傷になることがある。

「将軍さまのお加減は？」

「うむ、徐々に良くなっているそうだ」

「姫さまの下向に間に合いましょうか？」

「間に合ってもらわなければ困る」

「はい……」

「それより義時、平賀と畠山の喧嘩だが深い傷になるのではあるまいな？」

「知らせによると相当に激しい喧嘩だったそうです」

義時は独自の情報網を持っている。それは広元も同じだった。都の動きをいち早く手に入れることが大切なことだ。鎌倉は京から遠い。

「騒動にならないようにしないとな?」

「はい……」

「二階堂《にかいどう》殿はどうか?」

「おそらく年内かと思います」

「そんなによくないのか?」

「なにぶんにも高齢ですから薬も効きません」

「後任は行光《ゆきみつ》か?」

「はい、そのように考えております」

政子と義時は若い頃から仲が良く、政子は弟の義時を頼りにし、義時は姉の政子を頼りにしてきた。

そんなことから二人の関係は確立している。

政子も義時も牧の方のことを好きではなかった。時政はそれをわかっていて牧の方を庇《かば》ってきた。

「そうか……」

北条家も一枚岩ではなかった。

畠山重忠《はたけやましげただ》

十二月になって京の坊門家から美しい姫が、将軍実朝の正室になるため鎌倉に下向する。

多くの人々がその姫を歓迎した。

何日も慶賀の宴が続いた。

そんな中で、広元や入道康信や中原親能らと一緒に、頼朝の初期の鎌倉政権を支えた二階堂行政《ゆきまさ》がひっそりと亡くなった。

その詳細は慶賀の最中であり不明である。

十三人の合議制は遂に八人になった。合議制とは源家を滅ぼすためのうまい仕掛けだったと思う。

行政の長男行村《ゆきむら》は京の検非違使《けびいし》だったため、次男の行光が政所執事を務めることになった。以後、その子孫がほぼ世襲することになる。

元久《げんきゅう》二年（一二〇五）の年が明けるとすぐ、正月五日に将軍実朝が正五位下に上階した。

それに続いて、正月二十九日には右近衛権中将《うこんえごんちゅうじょう》に任ぜられた。征夷大将軍とはいえ官位は思いのほか低かった。

将軍実朝が正室坊門信子姫を迎え、鎌倉政権が落ち着くかと見られたが、実はまったく逆であちこちに火種があった。

その一つが時政の高齢である。

この正月で六十八歳になり後継が誰かということだ。

時政は北条家の当主であると同時に、今や鎌倉政権の執権《しっけん》という最高権力者でもある。その時政が後継と考えていた政範が急死して牧の方の望みはついえた。

北条家に残ったのは義時と時房《ときふさ》の二人だ。

時房というのは義時の弟で三十一歳と若く容姿端麗《ようしたんれい》でおとなしい人柄だった。

これまでほとんど目立たない存在だった。

蹴鞠《けまり》がうまく頼家の側近として傍にいたため、比企能員《よしかず》の息子たちとも親しくしていた。

だが、時房には裏の顔があって北条家のために、頼家の身辺の事を仔細《しさい》に時政や義時に伝えていた間諜《かんちょう》ともいわれる。

従って、頼家が鎌倉から追放されても近臣たちのように時房は連座しなかった。

その時房が政範の死で浮上してきた。だが、時房は時政より姉の政子や兄の義時に近かった。

政子は時政、牧の方、平賀家、坊門家というつながりを警戒している。父時政の権力は時政一代のものだ。その後の北条家は自分と義時と時房の三人でやっていける。義時には泰時という二十三歳の後継者もいた。時房にもまだ九歳だが長男の時盛《ときもり》がいる。

政子は実朝の先々のことを考えていた。

時政は牧の方が産んだ政範をあまりに溺愛した。その政範が急死したことは考えていなかった大きな誤算である。

政子は時政の次は義時でいいと思う。

むしろ政子が心配なのは病弱な実朝のことだ。正室を迎え丈夫になってくれればいいと願う。

大人になるにつれて子どもから体質が変わることもある。

政子にとって自分が産んだ実朝だけが頼りだ。頼家の遺児たちには気が回らない。鞠子だけは傍に置いている。

尼御台などと呼ばれているが、政子にとって生き甲斐《がい》は実朝だけなのだ。すでに大姫《おおひめ》を失い、頼家とはどうしてもうまくいかなかった。乙姫《おとひめ》も失ってしまった。三人も子を失った政子の心境はわからない。

四月十一日になって鎌倉が急に騒々しくなった。不穏な空気が流れると御家人たちが集まり出して、何かあるのではないかと騒ぎになった。

色々な噂が飛び交いこれが原因というものが見つからない。だが、こういう時はなにか大きな事件の前触れだったりする。

不安に駆られると人はありもしない噂をまき散らしたり、誰も信じないことを信じてしまったりするものだ。

人の心にはなにが棲《す》んでいるかわからない。

見えないものを見たりするのもそんな不安な時だ。

「どうしたのだ義時?」

「姉上、牧の方から何か噂が出たようです」

「牧の方が何か?」

「わかりませんが、父上が武蔵の所領に隠居している稲毛《いなげ》入道を呼んだとのことです」

「入道重成《しげなり》殿をか？」

「はい……」

「なんのために？」

「わかりません……」

義時にも心当たりがない。

「まさか、例の京のことではあるまいな？」

「京のこと？」

京のことは二つある。政範の死と平賀と畠山の喧嘩のことだ。

「喧嘩のことだ……」

「それは……」

「朝雅が牧の方に告げ口をしたということはないか？」

政子の勘は鋭い。何かの時にそういうことがあってもおかしくない。そんなことで時政が稲毛入道を呼んだとすれば畠山と大ごとになる。

義時もそれに気付いた。

「時房に調べさせます」

「入道が鎌倉に入る前にだ。急げ！」

政子は鎌倉での乱は困ると思う。実朝のためにならない。実朝が時政と戦いに出るようでは困ったことになる。

何を考えているのだと政子は父時政に怒りを感じた。牧の方がどんなに可愛いからといって、鎌倉の執権ともあろう者の振る舞いではない。

「鎌倉に乱を呼ぶつもりか！」

政子が手にした扇を投げつけた。

その頃、時政に呼ばれた稲毛入道重成は、郎党を引き連れて鎌倉に向かっていた。

政子が早く気付いたから良かった。

それでも鎌倉に集まった御家人に、なんでもないから領国に引き取ってもらいたいと、義時と時房が説得するのに手間取った。

結局、一ケ月近くかかったが何事もなく、五月三日には御家人たちがみな領国に帰国した。

「やはり、牧の方か？」

「そのようです」

「尾を引くか？」

「そうなるかもしれません」

「どうなのだ。時房……」

「はい、兄上、はっきり姉上に伝えた方がいいと思うが？」

「何んなのだ？」

　政子が少しいらだった。

「兄上が言いづらいなら、それがしから言います。例の京での喧嘩が発端で、朝雅が重保を根にもって、牧の方に重保から悪口を言われたと讒訴《ざんそ》したとのことです」

「誰に聞いた？」

「父に聞きました」

　時房がケロッとした顔で言う。政子が唖然《あぜん》とした顔だ。あまりに大胆にして不適な時房だ。

「それを牧の方が大袈裟《おおげさ》に考えて、畠山重忠と重保親子に叛意《はんい》があると親父殿に訴えたそうです」

「それも父に聞いたのか？」

「はい、騒ぎを起こしたのは親父殿ですから……」

「そなた……」

政子はあきれ返って頭を抱えた。時房の大胆さにも驚いたが、時政の愚かさにもあきれ返った。若い者の口喧嘩ぐらいで殺し合いの乱を起こすのかということだ。

その牧の方というのは、例の亀《かめ》の前《まえ》事件の時もそうだったが、少々考えの浅い厄介な人なのだ。

「それで、どう考えているのだ。義時は？」

「止められないと思います」

「父は耄碌《もうろく》したか？」

「少々……」

政子が厳しい言葉で時政を責めた。

「蒸し返しか？」

「はい……」

姉弟の三人が急に重苦しくなった。自分たちの父親を何んとかしようという話になりそうだ。

なんとも厄介な話だ。

政子は頭を抱え絶望的な気持ちになった。というのも、平賀朝雅が牧の方の娘婿なら畠山重保は政子の妹が産んだ子なのだ。平賀家は源氏で畠山家は平氏と実に厄介だ。

つまり重保は時政の外孫である。

牧の方が蒸し返せばとんでもないことになる可能性があった。

「義時、止められないか？」

「牧の方はそういう方ですから……」

簡単に止められるような人ではないと義時が言う。三人にはなんとも頭の痛い問題が残された。

この事件は一旦収まったかに見えた。

六月二十一日に義時と時房が時政に呼ばれた。

時政の口から畠山を討伐すると話があった。それに義時と時房は二人で反対した。

「畠山重忠は義兄弟で謀反などするはずがない」

それが二人の主張だ。

「政子もそうか？」

「そうです」

二人は時政に畠山討伐など思いとどまるように説得した。だが、牧の方が何を言ったのか時政が納得しない。こうなると頑固な年寄りを説得するのは難しい。

どう考えても畠山が謀反などするはずがないのだ。

義時と時房が畠山の謀反を否定しても、牧の方がどうしても納得せず、逆に義時と時房に詰め寄るのだった。この時、義時は牧の方に殺意さえ抱いた。

この女が北条家を潰すと思う。

そんな時、稲毛入道重成が将軍御所に上がって、畠山重忠の謀反ですと実朝に申し上げたのである。この稲毛入道も時政の娘を妻にしていた。

謀反と聞いた実朝が何んの事情も知らず「畠山を討て！」と命じてしまった。

その夜、政子と義時と時房の三人が相談したが、時政に畠山討伐を思いとどまらせるよい考えが出ない。万事休した。

翌六月二十二日に、義時が姫の前と別れてから妻にした継室伊賀《いが》の方《かた》が、四男の政村《まさむら》を産んだ。この政村は七代目執権として蒙古《もうこ》襲来に対処することになる。

その頃、畠山重忠は領地の武蔵男衾《むさしおぶすま》畠山《はたけやま》を出て武蔵二俣川《ふたまたがわ》にいた。

重忠は「鎌倉に騒ぎが起きている」と聞いて、六月十九日に領地を出て鎌倉に向かい二俣川まで来て軍を止めた。

鎌倉まではすぐのところだ。

二十二日の午後、畠山軍はその二俣川で北条義時率いる鎌倉軍と遭遇した。

そこで、この日の朝に嫡男重保が鎌倉で殺されたことを知った。この時、重忠は次男の重秀《しげひで》、家臣の本田次郎《ほんだじろう》、榛沢六郎《はんざわろくろう》など百四十騎ほどしか連れていなかった。

重忠の弟長野重清《しげきよ》は信濃へ、六郎重宗《しげむね》は奥州へ畠山軍を率いて遠征中だった。

そもそも、重忠は自分が討たれるとは思っていなかった。その軍がこの二俣川で自分を討ちにきた鎌倉軍だと知ったのだ。

義時の鎌倉軍は数千騎の大軍で一目でその兵力差がわかる。

「潔《いさぎよ》く戦うのが武士の本懐である！」

重忠は逃げずに寡兵だが鎌倉軍と戦う覚悟を決めた。畠山は坂東八平氏《ばんどうはちへいし》の秩父《ちちぶ》一族で、江戸《えど》家《け》、河越《かわごえ》家、豊島《としま》家などと同族である。

「卑怯者の鎌倉軍に目にもの見せてくれるわッ！」

二俣川の戦いは壮絶なことになった。

鎌倉軍は総大将が義時、搦手軍の大将は時房という布陣で数千騎の大軍だ。それを迎え討つ畠山重忠軍はわずか百四十騎しかいない。

この日の朝、鎌倉は薄暗いうちから大騒ぎで、畠山重保は出陣と聞き由比ガ浜《ゆいはま》に駆けつけた。

するといきなり時政の命令で三浦義村、佐久間太郎《さくまたろう》らに取り囲まれた。そこで初めて畠山討伐の出陣だと知る。重保は郎党三人と奮戦するが、四人ではいかんともしがたく、由比ガ浜で四人とも殺害された。

畠山軍が二俣川の岸に並んだ。

「さあ、どこからでも来い」という背水の陣だ。まったく逃げる気はない。

そこに重忠とは友人の安達景盛が主従七騎で先陣に出てきた。すると畠山軍からも先陣が出た。

まさかのことで今は寡兵だが、畠山重忠は武蔵の武士団を統率する立場にあり、その武勇と人望は頼朝からも信頼され、いつも源氏軍の先陣を務めてきた。

時政の前妻の娘婿でもあり梶原景時の変でも、比企能員の変の時も重忠は時政と義時に味方してきた。

鎌倉軍に討たれる覚えはない。

だが、事ここに至っては是非もないことである。おそらく、後妻の牧の方が可愛い時政が暴走したのだろうぐらいは想像がついた。

二俣川を渡河してくる安達主従に重忠が一騎で近づいていった。

「安達殿ッ、鎌倉で息子が死んだと聞いたが、その様子をご存じであればお聞きしたい！」

「おう、畠山殿、ご子息、重保殿は出陣のため由比ガ浜に駆けつけたが、畠山討伐軍と知りわずか四騎で鎌倉軍と戦ってござる！」

「討死でござるかッ？」

「おう、畠山の名に恥じぬ見事な戦いぶりでござった！」

「それならば三途《さんず》の川でわしが行くのを待っているだろう。かたじけない！」

重忠が手綱を引き馬首を返して味方の中に戻ってきた。

「聞いたか？」

「はいッ、いざ、われらも兄上の傍にッ！」

「うむ、支度はいいな？」

「おーうッ！」

「よしッ、重保に笑われぬ戦いをしようぞッ！」

重忠が腰の刀を抜いた。

「行くぞッ！」

馬腹を蹴って川の浅瀬に入っていった。

「ワーッ！」

安達景盛主従七騎と激突した。戦いが始まった。その様子を対岸の土手の上から義時が見ていた。

「やはり畠山は謀反など考えていなかったな……」

そうつぶやくと大軍に突撃を命じた。

寡兵だが畠山軍が一騎当千の強者《つわもの》で強い。大軍が逆に押されるのだから情けない。義時は大軍で押し潰して終わると見ていた。ところがどうして鎌倉軍が苦戦した。

押しつ押されつしながら戦いが夕刻まで二刻（約四時間）余も続いた。勇将の下に弱卒なしとはまさに畠山軍のことだ。

勇猛果敢に戦い疲れ切った重忠は、愛甲季隆《あいこうすえたか》の矢に当たり、最早これまでだと、力が残っているうちにと考え自害した。四十二歳だった。

その重忠の死を知った重秀たちが次々と自害して二俣川が血に染まった。重秀はまだ二十三歳だった。

義時は戦いが終わって前に並んだ親子の首に合掌する。

その日は二俣川の河原に野営して、翌日、午後未《ひつじ》の刻《こく》（午後一時～三時）頃には鎌倉に戻った。

畠山重忠を討ち取ったことを時政に復命すると、気になっていたのか時政が戦いの様子を聞いた。

「畠山の軍勢は出払っていたようで、二俣川にいたのは百騎あまりの小勢でした。およそ、謀反の企てなどなく重忠は無実です。その首を見て涙を禁じえず、まことに気の毒なことを致しました」

そのように言って時政の判断が間違いであったことを述べた。すると、時政は何も言わずに口を堅く結んで引き下がった。

その夕刻、義時は三浦義村を傍に呼んだ。

「義村、二俣川を見たな？」

「はい、何んとも無惨なことにございました。畠山殿が謀反を企てていたとはとても思えません……」

「やはりそう見たか？」

「はッ、他の武将たちもそう感じたはずでございます」

「そうだな。この始末をつけなければならぬな？」

「ご命令をいただければ始末いたします」

「うむ……」

義時がだれに責任を取らせるか考えた。まさか、時政や牧の方を殺すことはできない。

「義村、この事件の首謀者は誰だ？」

「それは間違いなく……」

義村が牧の方と言いそうになって言葉を呑《の》み込んだ。義時には義村が言いたい名前はわかる。

「他に誰だ？」

「稲毛入道……」

「他には？」

「榛谷重朝《はんがやしげとも》……」

「うむ、それでいい。稲毛入道親子と榛谷重朝親子を始末しろ！」

「はッ、畏まってございます」

「今夜中にだ。ぬかるな！」

「はッ！」

義時の命令で三浦義村は稲毛入道親子と、榛谷重朝親子をその日のうちに殺害した。このことで時政と義時が分裂することになった。

ついに義時が父親と袂《たもと》を分かつ覚悟を決めた。義時は政範が死んで牧の方が自分を敵視しているとわかっていた。

政範が生きている頃から牧の方は、先妻の子である政子や義時を嫌っていた。それをわかっていながら知らぬふりをしてきたが、政範が死ぬと牧の方の振る舞いが露骨になってきた。

それに父時政が振り回されていると政子と義時は見ている。

困ったことだが、事ここに至って年寄りの妄執《もうしゅう》で、畠山のような犠牲が出るようでは困ったではすまない。

義時は鬼になった。

たとえ父親でもこれに懲りないで、牧の方に引きずられ、おかしなことを言うようでは処分するしかない。

時政の失脚

七月八日になって何もできない少年将軍実朝に代わって、尼御台こと政子が戦いの論功行賞を行った。

本来であれば執権である時政を中心に行われ、実朝の名で論功行賞が決まるべきだが、畠山の処分は時政の失政だと多くの御家人がわかっている。

畠山重忠の謀反など牧の方の虚言だと知られていた。こういうことは執権時政の大きな汚点になる。

素早く義時が稲毛入道親子と榛谷重朝親子を、首謀者として殺害し処分したことも知られていた。

だが、権力が時政から義時に移行したわけではない。

ここは政子が出ないことには収まりがつかないのだが、まさに、尼将軍という振る舞いになってしまい、論功行賞をするなど考えられないことなのだが、それをやってしまうのが政子である。

畠山家の所領は重忠軍を討った武士たちに与えられた。

そこまでは当たり前だが、二十日になって政子はなぜか自分の女房たちにも、畠山重忠の所領を分け与えたのである。

だが、政子の力は絶大で誰も何も言わない。

この事件は政子が乗り出して収まったかに見えた。

だが、そうはなっていなかった。

一人息子の政範を失った牧の方は、その衝撃で少し頭がおかしくなっていた。

政範を亡くした悲嘆はわかるが、畠山重忠を謀反だと言って陥れても飽き足らず、今度は将軍を変えてしまおうと画策を始めた。

何を血迷ったのか時政と牧の方がとんでもないことを始めた。

それが義時の耳に入り、発覚したのは一ケ月後の閏《うるう》七月に入ってからである。

ことがことだけに義時も大弱りだ。

「姉上、またまたあの二人がおかしなことを始めました」

「二人とは父上と牧の方か？」

「はい……」

「おかしなこととは？」

「将軍を変えようと動いています」

「なんだと?」

政子はわが耳を疑った。急に怒った顔になった。

「義時、そなた、気は確かであろうなッ!」

「はい、いたって確かでございます」

「さ、実朝を誰と替えるというのだッ!」

「平賀朝雅……」

「なにッ!」

扇を持つ政子の手が怒りでブルブルと震えた。その扇が義時に飛んでくるかもしれない。政子の眼がつり上がって悋気《りんき》の大将が今や怒りの大将だ。

「おのれ……」

獲物を狙う獣の目のように政子の眼がぎらついている。

「義時、牧の方を殺せ!」

「姉上、ここは冷静になっていただかないと困ります。牧の方を殺して済む話ではありません。北条一族が分裂すれば、北条を潰したい御家人たちに狙われます」

「ならばどうする?」

「まずは、父上に鎌倉から退いてもらいます」

「殺すのか？」

「場合によっては……」

「義時！」

「姉上、冷静に聞いていただきたい。父上に出家してもらい、家督と鎌倉における権限をそれがしが引き継ぎます。それで了承願えますか？」

「出家だな。殺さないのだな？」

「はい、それにもう一つ、将軍実朝さまをそれがしの屋敷に移していただきたい」

「わかった！」

政子の動きが速かった。七月十九日の夕刻には政子が三浦義村と結城朝光と長《なが》沼宗政《ぬまむねまさ》を御所に呼び寄せた。傍には義時と時房が座っている。

「三人に頼みがある」

政子が切り出した。

「どのようなご命令でも……」

「実はな。名越《なごえ》の北条屋敷から将軍夫妻を奪ってきてもらいたい。わらわの命令であると言って従わせろ！」

「時政さまが……」

「手荒にしても構わぬが、傷をつけてはならぬ！」

「はッ、承知仕りました！」

「今夜のうちに義時の屋敷に移せ！」

「はい！」

この政子の速い動きが功を奏した。

実朝を廃して、平賀朝雅を新将軍にしようというのだから、冗談だろうと思うが牧の方は本心で、娘婿の朝雅は頼朝の猶子《ゆうし》だったのだから、将軍になる資格は充分にあるという強引さだった。

これに政子と義時が猛反発することはわかっていた。

それに時政がいくら権力を握ったからといって、将軍の交替など許されることではないことはわかっている。

頼朝の源家の将軍を廃するなど考えられないことだ。だが、政範を失って気持ちがおかしくなっている牧の方はやらないではいられない。

それがどういう結果をもたらすかまではもう考えられないのである。それに時政が巻き込まれている。

牧の方は政範を殺したのは政子と義時だと疑っている。

確かに政子と義時も相当ひどい二人だが、さすがに平賀朝雅を将軍にするという時政と牧の方の考えは認められない。

ここにきて北条家は分裂した。

混乱すると鎌倉の御家人たちが騒ぎ出し、鎌倉を二分した戦いになりかねない。それだけは回避したいのが政子と義時だ。

事態がこうなると必ずしも北条家が有利とはいえない。

侍所別当の和田義盛が力をつけている。反北条勢力が和田一族のもとに集結しないとも限らないと思う。

真夜中の鎌倉から軍を率いた三浦義村と結城朝光と長沼宗政が、鎌倉の東の名越にある時政の屋敷に殺到した。

「尼御台さまのご命令であるぞッ。将軍さまをお連れいたすッ、従わぬ者は討ち取れとのご命令であるッ。神妙にいたせッ！」

「神妙にいたせッ！」

三浦義村が叫んで歩いた。尼御台の命令と言われては従うしかない。

勝負がついた。

時政の屋敷の周りは松明《たいまつ》を持った軍に包囲されている。逆らえば一斉に松明を投げ込まれ、たちまち黒焦げになる。

さすがの時政も牧の方も何もできない。

将軍実朝夫妻が屋敷から連れ出されるのを見送るしかなかった。この救出が遅れるとおかしくなった牧の方に殺されていたかもしれない。

無事に時政の屋敷から実朝夫妻が義時の屋敷に迎え入れられた。

すぐ時政と牧の方が実朝を殺害して、平賀朝雅を新将軍にしようとしたことが判明、それまで時政側だった多くの御家人が続々と政子と義時に味方、牧の方の実朝暗殺の陰謀は完全に失敗した。

閏七月二十日にすべてを悟った時政と牧の方は出家した。

翌日には時政と牧の方が鎌倉から追放され、伊豆の北条で隠居させられることが決まった。

北条家が一方が時政と牧の方、もう一方が政子と義時と時房に分裂していて、時政は失脚したことが鎌倉の御家人たちに明らかになった。

北条時政が一族の命運を、源氏の御曹司である頼朝にかけた読みは優れた先見性であり、その後の素早い行動は称賛されるべきだろう。

だが、後妻の牧の方が亀の前事件を惹き起こしたり、実に厄介な女で、晩節を汚して時政が謀反人となったのは、この都生まれの牧の方に引きずられたからだ。

この騒動の原因を作った平賀朝雅は、閏七月二十六日に京において義時の命令により誅殺される。

それによって時政と朝雅を排除し、鎌倉の危機を救った義時は、政子の後見もあって御家人の首座に座ることになった。

父時政に代わって大江広元と同じ政所別当になる。

時政と牧の方の性急な権力独占が頓挫《とんざ》したことで、義時は御家人の反発がないよう、より柔軟な姿勢になる。

古くからの領地はもちろん、頼朝から拝領した新恩領地は、大罪を犯さない限り没収しないと御家人たちを安堵《あんど》させるなどしながら、一方では義時の執権体制に障害になりそうな有力御家人には、徹底した抑圧政策を実行していくことになる。

一方、牧の方の陰謀を素早い動きで未然に防いだ政子は、将軍実朝の実母として尼御台として、より鎌倉政権に関与することになる。

ここに姉の政子と弟の義時という二人三脚体制ができあがった。

姉と弟という強固な信頼関係で鎌倉政権は運営されていくことになる。将軍実朝には母と叔父の後見という力強いものだ。

政子と義時には頼朝生存の頃から力を合わせて、困難なことがあっても乗り越えてきた強い絆《きずな》があった。

だが、やがてその強い絆にも亀裂の入る時がくる。

騒動が落ち着いて一安心かと思われたが、政子の心配は尽きなかった。それは病弱な実朝のことだ。

まだ雛《ひな》遊びが好きな年ごろの将軍夫妻は実に仲が良かった。

政子は心配しながらもそう遠くない時期に、信子姫が懐妊などという知らせが飛び込んでくるのではないかと期待する。

そんな穏やかな日々に戻るかと思われた八月に、早速、下野《しもつけ》の宇都宮頼綱《うつのみやよりつな》に謀反の疑いがあるという噂が広がった。宇都宮頼綱は時政の娘婿である。

義時の義兄弟なのだ。

八月七日に政子の御所に義時、広元、安達景盛が集まった。頼綱と義兄弟の小《お》山朝政《やまともまさ》も呼び出された。

噂は宇都宮頼綱が一族郎党を連れて鎌倉に上ってくるというのだ。

この評定の席で広元は頼綱が非道であり、将軍に対して不忠であると指摘して、小山朝政に頼綱を追討するべきだと主張した。

だが、頼綱は義兄弟の畠山重忠との二俣川の戦いでは鎌倉軍に入っていた。小山朝政はそういうことも挙げながら、義兄弟である宇都宮頼綱追討を断った。こうなると広元といえどもごり押しはできない。

結局、鎌倉軍の出陣は見送られた。政子も義時も、頼綱に嫁いでいる妹は、牧の方が産んだ子だとわかっていたが、頼綱が三十四歳と若く、妹も若い上に子らがみな幼かった。

すると八月十一日に宇都宮頼綱が小山朝政を介して、謀反の考えなどないと陳述する文書を幕府に差し出した。

その後、八月十六日に領地の下野において頼綱が出家、一族郎党六十余人も出家した。

翌十七日に頼綱は下野を発って鎌倉に向かう。

鎌倉に着いたのが十九日だった。頼綱はすぐ北条得宗義時に面会を求めたが拒否される。

そこで頼綱は一族である結城朝光を介して、出家の証である髪を献上して陳謝し、名を実信房蓮生《じつしんぼうれんじょう》と号して京に旅立った。

宇都宮家は頼綱の子たちが幼いため、頼綱に代わって弟の朝業が鎌倉に出仕することになった。

京に向かった実信房蓮生は嵯峨《さが》野《の》の小倉《おぐら》山麓に庵《いおり》を設けて隠遁《いんとん》した。

その後、蓮生は法然《ほうねん》の弟子、証空《しょうくう》の弟子となり、鎌倉幕府にも許されて、多くの寺の改修や建立《こんりゅう》を行うようになり、その功徳《くどく》のお陰であろうか、蓮生は八十八歳の長寿を生きて京で死去する。

同族である藤原定家とも深い親交があり、歌人としても多くの秀歌を残した。

師の証空の傍に眠ったという。

その蓮生の去った鎌倉では執権と呼ばれる北条義時が、確実に力をつけて徐々にその独裁色を強め、いつ敵に回るかわからない有力御家人に対する圧迫をやめない。

油断をすれば寝首をかかれる。

その年の暮れも十二月になって、政子と義時は頼家の遺児である次男善哉《ぜんざい》を鶴岡八幡宮に入れた。まだ六歳だった。

この後、善哉は頼朝が大進局《だいしんのつぼね》に産ませた貞暁《じょうぎょう》の弟子になり公暁《くぎょう》となる。

また、鎌倉から追放された北条時政と牧の方は、伊豆の北条で隠居し再び政治に携わることはなかった。

優将畠山重忠が亡くなり、執権北条時政が失脚して伊豆に引退、宇都宮頼綱が出家して京に去ったことは、義時には大きなことだった。

将軍実朝を政子と義時が支える政権の形が明確になった。鎌倉の権力は政子と義時に集中する。

後は政子の後見で義時が着実に実力をつけていくだけだ。

頼朝存命の頃は目立たなかった北条義時が、頼朝の死とほぼ一緒に表舞台に飛び出し、瞬《また》く間に執権という鎌倉政権の最高実力者にのし上がってきた。

そのためには梶原景時や比企能員、将軍頼家や父である執権時政まで容赦なく処分してきた。

最高権力とはそれほど甘美なものである。

その場に立った人にしかその甘美な風景は見ることができない。その一人以外、すべての人が想像することすらできない世界が広がっている。

それが権力というものだ。

元久三年（一二〇六）の年が明けると疫病《えきびょう》が現れた。

その疫病は赤斑瘡《あかもがさ》といわれる後の麻疹《はしか》であった。恐ろしい病で大流行すると何万もの人が死んだ。

江戸期には麻疹によって二十四万人も亡くなったという記録もある。

疱瘡《ほうそう》の天然痘《てんねんとう》より死亡率が高いとされ「疱瘡の器量定め（顔に痘痕《あばた》ができる）、赤斑瘡は命定め（命を奪われる）」という。

この病の初見は天平《てんぴょう》九年（七三七）に大流行した疫病だったようだ。

こういう疫病は頻繁《ひんぱん》に発生した。

路傍《ろぼう》に遺骸が転がるのも珍しくない。だが、有効な治療法がなく、朝廷は改元して流行をやり過ごすとか、疫病退散の祈禱《きとう》をするぐらいしかなかった。

それに疫病はどこで発生するかわからない。

三月になると七日に、摂政《せっしょう》で太政大臣《だじょうだいじん》の九条良経《くじょうよしつね》が深夜に頓死《とんし》する。

赤斑瘡かと思われたがそうは言われていない。急死、突然死ということだった。三十八歳である。

書や漢詩をよくする教養人で特に書においては天才と称された。

その書風は後京極流《ごきょうごくりゅう》と呼ばれる。

和歌においては「きりぎりす鳴くや霜夜のさむしろに衣かたしきひとりかもねむ」の一首がある。

こういうことが起きると朝廷は怯《おび》えた。

これ以上悪いことが起きては困る。

四月二十七日に赤斑瘡の出現による改元が行われ、元久三年四月二十七日が建《けん》永《えい》元年四月二十七日になった。

鎌倉は北条時政が失脚し、不穏な空気も流れたが大乱にはならずに収まった。

将軍頼家を強引に鎌倉から追放して、伊豆の修善寺において殺害したことは、禍根を残さないための義時の処置だ。

だが、その頼家には息子たちがいる。

その一人の公暁が七歳になり、六月にささやかな袴着《はかまぎ》の儀が行われた。十月になるとその公暁が将軍実朝十五歳の猶子になる。

もうそろそろと信子姫には懐妊が期待されたがその兆しはない。

こればかりは神仏の思《おぼ》し召《め》しで政子にも、権力者の義時にもどうすることもできない。実朝の病弱が原因かと政子は考える。

実朝と信子は実に仲が良かった。

「姉上、やはり神仏におすがりするしかないのでは？」

阿波局と政子は顔を合わせるとその話ばかりだ。他に話すことがないのかと思うほどなのだ。

事実、二人には実朝と信子姫以外の話はない。

実朝を溺愛している二人なのだ。それがいけないのだと諫言《かんげん》してやりたくなる。

そんな穏やかな鎌倉だが京で事件が起きた。

熊野詣《くまのもうで》

それは後鳥羽上皇が熊野詣《くまのもうで》に行った時に起きた。

十二月の京は暮れに入ってどこか忙《せわ》しない。それは後に承元《じょうげん》の法難《ほうなん》と呼ばれる。

その事件はこんなふうにして起こった。

後鳥羽上皇が熊野詣に出かけて京を留守にした折、法然門下の住蓮坊《じゅうれんぼう》と安楽《あんらく》坊《ぼう》という二人の僧が、京の東山鹿ケ谷《ひがしやまししがたに》で念仏《ねんぶつ》の集会を開いた。

その集会に後鳥羽上皇に供奉《ぐぶ》しないで、院に残った女官数人が秘かに参加していた。そのうちの松虫《まつむし》と鈴虫《すずむし》という女官が、説法に強く感銘を受けそのまま出家した。

そんなところに帰京した後鳥羽上皇が、そのことを知ると烈火の如くに激怒、住蓮坊と安楽坊を逮捕させた。

一説によると集会は東山ではなく院の中だったともいう。

その頃、藤原氏の氏寺である南都興福寺《なんとこうふくじ》から、念仏宗を非難する訴えが朝廷に出ていたのだ。

それを受けて朝廷は無視もできず、かといって念仏宗を弾圧する状況にもないと、慎重に考えて対応を保留している時だった。

そんな時にこの少々怪しげな女官出家事件が起きた。

これは院の問題でもあり、後鳥羽上皇の怒りは珍しく凄まじかった。従って、その処分が注目された。

すると建永二年（一二〇七）の年が明けた二月二十七日になって突然、土御門《つちみかど》天皇から法然の門弟四人の死罪と、法然と親鸞《しんらん》ら総勢八人が流罪という宣旨が出た。

わずか十三歳の天皇がこんな判断をすることはない。

それは間違いなく、この事件によって法然や親鸞が後鳥羽上皇の逆鱗に触れたのだ。

院の女官の出家事件を後鳥羽上皇は密通等不義の行いであると断定、それを大義名分に四人死罪、八人流罪として念仏宗一派を次々と処断した。

法然と親鸞の念仏宗は南都北嶺《ほくれい》の興福寺や、比叡山延暦寺《ひえいざんえんりやくじ》と宗教上の悶着《もんちやく》を起こしていたのだ。

後に蓮如《れんによ》は歎異抄《たんにしよう》の奥書にこの事件への不満を「興福寺の僧が後鳥羽上皇に讒訴したからで、風紀を乱したなどというのは嘘で無実の罪である」と怒っている。

安楽坊は六条河原で、住蓮坊は近江馬淵《まぶち》で処刑され、善綽坊《ぜんしやくぼう》と性願坊《しようがんぼう》も処刑された。

それでも怒りの収まらない後鳥羽上皇は、法然を土佐《とさ》番田へ、親鸞は越後国府《えちごこくふ》へ、それぞれ僧籍を剝奪されて、法然は藤井元彦《ふじいのもとひこ》、親鸞は藤井善信《ふじいよしざね》という名を与えられて流されたのである。

だが、法然は土佐まで行かずに九条兼実に庇護され、九条家の領地である讃岐《さぬき》に流刑地が変更される。その讃岐で十ケ月ほど布教していると赦免《しやめん》の宣旨が下った。

それでも入洛は許されず摂津《せっつ》の勝尾寺《かつおうじ》に滞在、建暦《けんりやく》元年（一二一一）十一月になって入洛が許され帰京するが、そのわずか二ケ月後に法然は入寂《にゆうじやく》してしまう。親鸞にも法然と同じ建暦元年十一月に赦免の宣旨が下り、親鸞は法然に再会したいと願い京に出ようとするが越後は雪が深く、豪雪に阻まれて越後から出ることができなかった。

雪解けを待ったが、ついに親鸞は師の法然と会うことはできなかった。

親鸞はこの法難に対する怒りを後鳥羽上皇に向けた。上皇は怒りに任せて法に背き儀に反する院宣を下した。

死刑を宣告しても実際に死刑は行わないのが、長く朝廷が受け継いできた伝統的慣例である。朝廷に死刑という制度はない。

その慣例を破り上皇は独断で死刑を執行した。

本朝の天皇や上皇は決して人の命を奪ってはならない。奪うことはないのである。それが伝統的しきたりであった。

親鸞は晩年になっても後鳥羽上皇が、公的権力を私的な恨みに利用したとその義憤を語った。

その憤慨する親鸞の気持ちも理解できるが、だが一方で、実際に上皇のいう女官と僧の密通、不義があったという説も存在する。

たとえそうであっても、天皇や上皇は死刑を執行してはならない。

後年に同じような事件が朝廷で起きた時、天皇は激怒して死刑を行おうとするが、将軍の徳川家康《とくがわいえやす》は断固それを認めなかった。

そのために怒った天皇が退位すると言い出して大騒ぎになる。

これは親鸞も正しければ徳川家康も正しいのだ。神の位の天子は親鸞や家康の言うようにあるべきだろう。

この頃、鎌倉では闘鶏《とうけい》が盛んに行われていた。

闘鶏というのは鶏の雄《おす》を戦わせる娯楽で、公家や武家だけでなく広く行われていて、その起源が不明なほど古い。

日本書紀《にほんしょき》にも記載はあるがいつごろに始まったかは不明だ。

その闘鶏も江戸期になるとシャムから軍鶏《しゃも》が輸入されて人気になり、賭博の対象になったことから幕府は何度も禁止令を出す。それでも、闘犬、闘鶏、闘牛がなくなることはなかった。

三月三日に足立遠元《あだちとおもと》は鎌倉で闘鶏を観戦したが、その直後に倒れてほどなく死去した。

もう七十歳を越えていた。

平治の乱では源義朝軍に属し、悪源太義平《あくげんたよしひら》の猛将十七騎の一人として戦った。

そんな坂東武者でありながら文官でもある人物で、娘を中原親能《ちかよし》の父藤原光能《みつよし》に嫁がせて、京の権門とも近い関係を築いていた。

頼朝が鎌倉に入ってまずしたことが遠元の武蔵足立の本領安堵で、坂東武者の御家人第一号と言える武将だった。

父義朝の家臣で兄義平の側近では、頼朝もおろそかにできないのが足立遠元だったのである。

そんなことから、鎌倉では重きをなし十三人の合議制の一人にも選ばれた。

その足立遠元も亡くなり、十三人はついに六人になってしまった。

残っているのは北条義時、大江広元、三善入道康信、中原親能、八田知家、和田義盛である。

四月五日には京で九条兼実が死去した。五十九歳だった。

息子の摂政、太政大臣の良経が亡くなり気落ちしたのかもしれない。

建久七年の政変で失脚してからは毒気が抜けて、法然を師として出家し、本当に念仏を唱えると、破戒僧でも極楽浄土に往生できるのかを確かめようとする。

破戒僧が行けるなら自分も行けると考えた。

そんな真面目でおもしろい人だった。

自分の娘を法然の弟子に嫁がせて、その僧を破戒僧にしようという魂胆だった。

そこでその計画を法然に持ちかけたのだから、風変わりというか頓珍漢《とんちんかん》というかその上、九条兼実は大真面目なのだから困ってしまう。

それでも法然は引き受けて、天台宗の僧で九条兼実の弟の慈円《じえん》、その慈円の弟子でもあった綽空《しやくくう》こと後の親鸞を紹介、あまり乗り気でない綽空を説得して、九条兼実の娘玉日と結婚させてしまった。

法然もなかなかどうして九条兼実の上をぶっ飛んでいる。

その結果がどうなったかは誰にでもわかる。

大破戒僧の親鸞が極楽浄土へ行ったに決まっている。だが、残念ながらその前に九条兼実は亡くなった。

なんと愛すべき偉人たちであろうか、九条兼実は和歌に関心が深く歌人藤原定家らを庇護した。

親鸞が入滅するのはこの五十五年後である。

この四月に鎌倉の将軍実朝が病になった。

病弱な実朝の病気には政子と阿波局と信子姫は心配でならない。可哀そうなのは信子姫で何をしていいのかわからない。

神仏に病を治して下さいと祈ることしかできないのだから哀れだ。

その頃、赤斑瘡《あかもがさ》に続いて痘瘡《とうそう》も流行《はや》り出していて、その疫病が鎌倉に入り込むのもそう遠いことではないと思われた。

なぜそう頻繁に疫病が起こるのかわからない。

朝廷は疫病や天変地異にはひどく怯えてすぐ改元しようとする。改元して世の中を新しくすれば厄災が退散してくれると信じていた。

十月二十五日に疱瘡平癒《へいゆ》の改元が行われ、建永《けんえい》二年（一二〇七）十月二十五日が承元《じょうげん》元年十月二十五日となった。

赤斑瘡や疱瘡が蔓延《まんえん》するとその被害は甚大だった。

人口の三分の一が亡くなったこともあるというから、その状況は悲惨とか無惨という言葉では語りつくせない。

熱に冒されて、土間に藁《わら》を敷いて横たわり、土の冷気で体を冷やしながら死んでいく。小川の水を飲もうと水面に顔を浸して死んでいく。葬送をする者もなく道端に転がった遺骸を烏がついばむ。

一家が亡くなった百姓家にはそのまま火を放った。

疫病を朝廷も恐れ、当然、鎌倉も恐れる。

だが、打つべき手がないのが疫病なのだ。

案の定、承元二年（一二〇八）の年が明けた正月、将軍実朝が再び病に倒れた。

すると二月三日になって実朝の病が恐ろしい疱瘡であることが判明する。どんなに気をつけても病弱な実朝が疫病に罹患《りかん》することは仕方のないことだった。

高熱を発して実朝が倒れると大騒ぎになった。

疱瘡は後に天然痘《てんねんとう》と呼ばれるもので、本朝の初見は敏達《びだつ》天皇のことというから古い。瘡《かさ》と呼ばれてこの病に罹《かか》ると十人のうち二人から五人が亡くなった。

恐ろしい疫病で、敏達十四年（五八五）に敏達天皇は崩御するが、この瘡に罹患したためだと言われている。

この瘡に罹ると高熱を発して倒れるが三、四日で一旦解熱する。すると頭部や顔面を中心に豆粒状の発疹《ほっしん》が現れ、その発疹が全身に広がって行き、内臓にもその発疹が広がるのだという。

七日から九日が経つと再び高熱を発し、豆粒状の発疹が化膿して膿疱《のうほう》になるのが特徴で、こうなると全身に損傷が広がることになる。

肺を損傷すれば呼吸困難になり死に至る。

死を免れると十四日から二十一日ほど経過して、膿疱が瘢痕《はんこん》を残して治癒に向かうとされる。

一度この病に罹ると二度と罹らない。

だが、治癒して剝がれた瘡蓋《かさぶた》に一年後に触っても、罹患するという怪物のような猛威なのだ。恐ろしや恐ろしやである。

瘡に罹ると瘢痕が顔に残ることが多く痘痕顔になることが少なくない。

三月になると心配でたまらない政子は、実朝夫人の信子姫を連れて鶴岡八幡宮に参詣、実朝の病気平癒の祈願を行った。

こういう時は神仏に頼み込むしか方法がない。

鶴岡八幡宮は源氏の氏神で霊験あらたかであった。源氏の御大将の一大事に霊験を表わされ、実朝の病が快方に向かった。

まだ十七歳と若い実朝は平癒に向かうと早い。

頼朝に似て美男の実朝の顔は痘痕で台無しになったが、恐ろしい疱瘡の猛威から命を拾ったのだから源氏の氏神さまのお陰だ。

食が進むとめきめき回復してきたが、四月十一日に実朝がまたまた病に倒れた。

油断も隙も無い。

政子と阿波局と信子姫は実朝の病に振り回されている。

「姉上、こうなってはもう手がありません。わらわが熊野までお願いに行ってまいります！」

実朝の乳母の阿波局は、実朝が病で倒れるたびに気が気ではない。

「熊野か？」

「はい、京の石清水八幡宮《いわしみずはちまんぐう》にも……」

「そうか、その手があったか？」

「わらわが行ってまいります。お許しを……」

「そなたが行っても仕方あるまい。行くならわらわが行きます」

「姉上……」

二人の話を信子姫は聞き役だ。

政子が行くのと、阿波局が行くのでは支度がまったく違う。

鎌倉から熊野まで政子が行くにはそれなりに支度が必要だ。五人や十人で行くことはできない。

護衛だけでも百人や二百人は必要だ。

熊野詣というのが盛んになったのは、宇多《うだ》法皇や花山《かざん》法皇が御幸《みゆき》を行ってからだ。もちろん、熊野詣は古くからあった。

だが、上皇や門院たちが続々と御幸をするようになると、京から紀伊に出て熊野に至る道が整備され発達する。白河《しらかわ》上皇は九回の御幸、鳥羽《とば》上皇は二十一回、後白河《ごしらかわ》上皇は三十四回と最多である。

後鳥羽上皇も二十八回の御幸を行う。

門院で最も多いのは待賢門院《たいけんもんいん》の十二回というのがある。

熊野は三山からなり、熊野本宮大社、熊野速玉《はやたま》大社、熊野那智《なち》大社の三神社である。古来、修験道の修行の地とされた。

熊野詣の道は大きく四つある。

御幸に使われる道は最も平坦な熊野古道紀伊《きい》路で、少し遠回りだが紀伊の海沿いを熊野に入る。

次が高野山から熊野に至るのが熊野古道小辺《こへち》路という。

残りの二つの道は相当に険しい。一つは修験道の道で、奈良吉野から入る人峯《おおみね》奥駈《おくがけみち》道という。

もう一つ最も東の伊勢から入る熊野古道伊勢路は、山また山の悪路で幾つの峠を越えるか知れない。道端には熊野詣の途中で倒れた人々の碑が並ぶ。

政子は熊野に行く気になった。

だが、すぐ気楽に出かけることはできない。そのうち暖かくなり実朝が回復した。すると七月になって政子は実朝夫婦を連れて永福寺《ようふくじ》に行った。実朝の病は平癒したがまだ充分な復調には程遠かった。

また倒れるようなことがあっては困る。

政子は弟の時房を連れて熊野詣に行くことを義時に相談した。それを義時は快く了承してすぐ支度に取りかかった。

鎌倉の尼御台の熊野詣となればそれなりの格式である。

初代将軍頼朝の妻であり、二代将軍頼家の母である。現将軍実朝の母でその病平癒の熊野詣ということだ。

その道は少し遠回りだが紀州の海沿いを行く熊野古道紀伊路を使い、その先は熊野古道大辺路《おおへち》を通って那智大社、速玉大社、本宮大社と行くことにした。

帰り道は本宮大社から熊野古道中辺路《なかへち》を通って、熊野古道紀伊路に出て京に戻り鎌倉に帰るということが決まった。

吉野から奈良に出る道も検討されたが、三、四ケ月かかる旅ということになると冬の雪の心配もあり、雪の山の中に入ることは極めて危険だ。

紀州の海沿いであればその心配はなかった。

支度を整え、時房を大将に政子の熊野詣一行が、鎌倉を離れたのは十月十日の早朝である。

先乗りの先発隊が先へ先へと走って行列到着の手配をする。

行軍と違うのは一行の中心に尼御台がいることで、軍のように野営をするということはできない。

それなりに大きな豪農や土豪や寺社など、安全なところを宿所にしなければならなかった。

道筋の守護や地頭に油断のないように触れが出される。尼御台が通過されるというだけで大騒ぎだ。

政子の一行は十月も末になって京に到着した。

上洛は政子にとって頼朝や大姫や頼家と来て以来である。そんな思い出がよみがえってくる。

懐かしい思い出だが、すでにその三人はもうこの世にはいない。

なんとも複雑な心境だ。

その京では後鳥羽上皇の乳母で絶大な権勢をふるう藤原兼子《けんし》に挨拶した。

もう寒い時期で京に長居もできず、石清水八幡宮に立ち寄って熊野に向かった。風光明媚《ふうこうめいび》な熊野古道紀伊路は上皇御幸の道で整備されている。

時房が大将の一行は何んの事故もなく熊野に到着、すべてが荘厳な空気に包まれている本朝最大の霊場である。

観音菩薩《ぼさつ》のおられる南の海の彼方、補陀落山《ふだらくせん》に多くの僧が船に乗って船出した。

政子は熊野三山で関東の静謐《せいひつ》を祈願、実朝の健康を祈願し、亡き一族や鎌倉の権力闘争に敗れて亡くなった人々の鎮魂を祈った。

その頃、十一月に入って義時は諸国守護の中で職務怠慢な者がおり、終身在職を改めて定期交代制にしようとした。

人は長く一つの職にいると怠惰になりがちだ。

義時はそれを嫌ったのだが、こういうことは強い既得権益があり、実行は難しい。

案の定、千葉、三浦、小山などの有力御家人から、一斉に激しい反発が出て断念するしかなかった。

執権の立場を確保はしているが、義時の権力もまだ有力御家人の反対を、強引に押し切るほど強くはなかった。

熊野から政子が京に戻ってくると、朝廷は実朝を十二月九日に正四位下に上階させた。

「時房、もう雪が来るな？」

「はい、比叡山から東山まで白くなりました。今ならまだ大雪に遭遇することはないかと思います」

「鈴鹿《すずか》は大丈夫か？」

「一気に東に向かいます」

「そうか……」

雪模様の京から政子一行は急いで鎌倉に向かったが、やはり近江《おうみ》の湖東《ことう》と鈴鹿越えで雪に見舞われた。

だが、大雪になる気配はない。

「急げッ！」

「伊勢に出るまでの辛抱だッ！」

政子の乗る輿《こし》が多くの鎌倉軍に守られて近江から鈴鹿越えを急いだ。

三ケ月余の長旅だったが十二月二十日に、政子は元気よく熊野から京を経由して鎌倉に帰ってきた。

政子は迎えに出てきた実朝を見て、丈夫に産んでやれなかったと後悔する。

第五章　源家の滅亡

熊野詣から政子が戻って間もなく承元三年（一二〇九）の年が明けた。

将軍実朝《さねとも》は十八歳になった。病弱でおとなしく雅《みやび》な和歌などに関心が高いが、大人になるにしたがって自己主張が始まってきた。

むしろ、これまでが将軍といえども頭の上に、尼御台《あまみだい》と執権《しっけん》の義時がドンと乗っかっていて何もできなかった。

十八歳にもなれば将軍とは何かもわかってくる。

母親と叔父《おじ》といえども少々うっとうしく感じることもないとは言えない。実はそれが危険なのだ。

傀儡《かいらい》はどこまでも傀儡でないと権力構造が崩れる。

だが、それを将軍実朝がどこまで理解しているかであった。

昨年の暮れに正四位下に上階《じょうかい》したばかりなのに、四月十日には朝廷が実朝を従三位《じゅさんみ》に昇らせた。

従三位からは公卿《くぎょう》である。

何が狙いなのか朝廷はビシッと位打《くらいう》ちをしてくる。実朝が都の雅に憧れていることを知っていた。

朝廷は鎌倉の将軍実朝を都に引きつけておきたい。

場合によっては実朝の考えを朝廷寄りに取り込みたい。それは当然な朝廷の戦術だ。うまくいけば義時たち鎌倉の御家人と実朝を対立させることもできる。伝統的に朝廷の得意な分断作戦だ。

そんな中で朝廷と鎌倉はいつも緊張状態にある。

ことに後鳥羽《ごとば》上皇は鎌倉嫌いといってもおかしくないほどだった。

そこがなかなか厄介なのだ。

五月になると侍所別当の和田義盛《わだよしもり》が、実朝に内々で上総《かずさ》の国司になりたいので、朝廷に推挙して欲しいと願い出てきた。

実朝を従三位の右近衛中将《うこんえちゅうじょう》で征夷大将軍《せいいたいしょうぐん》と見ての頼みだ。

和田義盛は父頼朝の重臣である。その頼みをむげに断ることもできない。そこで政子に相談した。

すると政子の返事は、頼朝の頃からそれはできない決まりだというものだった。

そこまではよかったが、政子も一言多かった。

「先例を破ることはあってはならない。こんな当然なことに女のわらわが口出しするまでもないことです」

こういう一言に若者はカチンとくる。

「それなら相談なんかするもんか！」

こうなりかねないが病弱な実朝はそこまで強くない。その分、心の中に鬱屈《うっくつ》がたまった。

実朝は和田義盛に明確な返事ができずに放置した。すると五月二十三日に義盛から上総国司所望の正式な書状が提出された。

それがどういうことか実朝にも理解できる。だが、返答ができない。

将軍実朝からの沙汰《さた》がないまま秋になり冬が来た。すると義盛が執着していると見えて再度実朝に上申してきた。

この時も実朝は考慮中であるといって返答をしなかった。

これが将軍実朝の立場なのだ。

無力というよりお飾りなのである。その代わりこの頃、北条義時が正式に執権と呼ばれ得宗《とくそう》と呼ばれるようになった。

これが鎌倉政権の正体である。

鎌倉に武家政権として頼朝が誕生させた政権は、見る影もなく無惨に平家の北条一族に乗っ取られた。それが鎌倉の実態だった。

この年の暮れ十二月十八日に中原親能《なかはらちかよし》が京で死去した。六十六歳だった。ついに十三人の合議制は五人になった。

中原親能は乙姫《おとひめ》が亡くなると、出家して掃部頭入道寂忍《かもんのかみにゅうどうじゃくにん》と名乗った。

頼朝の次女で入内《じゅだい》を目前に亡くなった悲運の乙姫を、鎌倉の自分の屋敷がある亀ケ谷《かめがやつ》堂の傍らに葬った。

その親能は大江広元《おおえのひろもと》の五歳上の兄で父は参議藤原光能《みつよし》、母は大学寮の明法博士《みょうぼうのはかせ》中原広季《なかはらひろすえ》の娘だった。そのため中原家の養子になった。

中原親能は後白河法皇の使いとして頼朝に会ったり、鎌倉に移ってからは範頼《のりより》の参謀を務め各地を転戦したり、朝廷と鎌倉の間で折衝役を務めたり、広元に似て実に賢く誠実な人で頼朝に深く信頼された。

そのために天野遠景《あまのとおかげ》の後任として鎮西《ちんぜい》奉行となり、九州の豊後《ぶんご》、肥後《ひご》、筑後《ちくご》の守護や京都守護などを歴任、全国に所領や所職《しょしき》を持っていた。

それは広大で頼朝の信頼がわかる。

相模から伊勢《いせ》、越後、駿河《するが》、近江《おうみ》、美作《みまさか》、阿波《あわ》、長門《ながと》、豊後、筑前《ちくぜん》、筑後、肥《ひ》前《ぜん》、日向《ひゅうが》、大隅《おおすみ》、薩摩《さつま》まで荘園があった。

和田義盛が望んだ国司とは、大化《たいか》の改新《かいしん》によって諸国に任じられた朝廷の役人である。

四等官からなり守《かみ》、介《すけ》、掾《じょう》、目《さかん》のことだ。

その任地となる国は律令制によって、国力から大国《たいこく》、上国《じょうこく》、中国《ちゅうごく》、下国《げこく》と四等級に分類され五畿七道に分かれている。

五畿とは大和《やまと》、山城《やましろ》、河内《かわち》、和泉《いずみ》、摂津《せっつ》をいい、七道とは東海《とうかい》、東山《とうさん》、北陸《ほくりく》、山陰《さんいん》、山陽《さんよう》、西海《さいかい》、南海道《なんかいどう》のことだ。

ちなみに大国は十三ケ国だけで大和、河内、伊勢、武蔵《むさし》、上総、下総《しもうさ》、常陸《ひたち》、近江、上野《こうずけ》、陸奥《むつ》、越前、播磨《はりま》、肥後である。その中で上総、常陸、上野は親王《しんのう》任国《にんごく》といって天皇の皇子が国司になり特に太守《たいしゅ》と呼ばれた。

伊勢、武蔵、上総、下総、常陸などは七道の中の東海道に属している。東海道というと江戸日本橋《にほんばし》から京の三条大橋《さんじょうおおはし》までと思いがちだが、本来の東海道とは上総や常陸までを含んでいた。甲斐《かい》も東山道と思われがちだが東海道である。

その国々に朝廷は伊勢守、武蔵守、相模守、甲斐守などという国司を置いていた。

そこに頼朝が武家の仕事として、義経《よしつね》追討を名目に守護と地頭を置いたのだから厄介なのだ。

武家の守護と地頭の方が国司より力を持つのは当然だ。

なんといっても守護と地頭は、武力を持っているのだからこんな恐ろしい相手はいない。誰だって震え上がってしまう。

だが、国司は朝廷が官位官職として与えるものだから権威だけはある。

人によっては力を持つと次は権威とか名誉とかが欲しくなるもので、和田義盛も従五位下上総介ぐらいは欲しいと思ったのだろうが、鎌倉政権の執権で得宗と呼ばれる北条義時でさえ、まだ従五位上相模守でしかない。

義時には悪いが相模は大国上総より下の上国なのだ。

相模と上総では国の大きさがまるで違い、上総の方が倍ほども大きく親王任国で、上総守はなく上総介からだった。

後に織田信長《おだのぶなが》が自分勝手に上総介を名乗るが、この上総介という官位官職はなかなか味わい深いのである。親王任国の介だから微妙である。

信長はこの上総介の官名を気に入り、織田家は弾正忠《だんじょうのちゅう》だがそれを名乗らず、父信秀《のぶひで》が亡くなるとすぐ上総介を名乗り、いつまでも織田上総介信長と名乗っている。

ちょっと良い官名であった。

ちなみにこの時の和田義盛の官位は左衛門尉《さえもんのじょう》で、官位相当は従六位下か正七位上ぐらいである。

この頃の朝廷は後鳥羽上皇が院政を確立、治天《ちてん》の君《きみ》として朝廷の実権を完全に掌握していた。除目《じもく》も上皇主導で行い実朝という名を下賜《かし》したり、その実朝を取り込んで鎌倉政権内部にまで影響を及ぼそうと手を打っていた。

執権義時はそれを警戒している。

そんな中で後鳥羽上皇は自分の第一皇子である土御門《つちみかど》天皇に不満を持っていた。

天皇はおとなしい方で父上皇の院政に従っている。

育ててくれた土御門通親《みちちか》に守られて天皇になったのだが、その土御門通親が亡くなったのだから後ろ盾《だて》を失った。

まだ十五歳の天皇の立場が急にぐらつくのは仕方のないことだ。

ことに父上皇がおとなしい天皇を、気に入っていないとなると厄介なことになる。

この頃、後鳥羽上皇はなぜか熊野詣に出かけることが多かった。上皇は土御門天皇に譲位するとすぐ熊野詣に出かけた。

熊野御幸《ごこう》は父の後白河法皇が毎年のように出かけ、生涯で三十四回というが後鳥羽上皇はその父より熱心に熊野三山を信仰した。

後鳥羽上皇は上皇在位二十四年間の間に、二十八回の熊野御幸というからほぼ十ケ月に一回は御幸していた。

熊野までの往復には一ケ月余はかかる旅だ。

それで上皇ともなれば供奉《ぐぶ》する公家《くげ》たちも五人や十人ではない。もちろん、その賄《まかな》いもかなりの費用になる。

それができるのだから後鳥羽上皇の力も大きくなっていた。

上皇は鎌倉からの干渉を極端に嫌い、自ら弓馬を好み北面や西面の武士だけでなく、諸国の武士たちを院に招き、御幸に供奉させたり、鎌倉政権の傘下に入っていない武家の軍事力を握ろうとしていた。

そんな武張《ぶば》った面だけでなく、御幸に歌人の藤原定家《さだいえ》を帯同して、旅の途中のあちこちで和歌の会を開いたり、法楽《ほうらく》として白拍子《しらびょうし》、里神楽《さとかぐら》、相撲《すもう》などで神々を楽しませるようなこともした。

何《な》んとも賑《にぎ》やかな熊野御幸だった。

承元四年（一二一〇）の年が明けると、後鳥羽上皇はあたたかな紀伊路の旅に出ることにした。

なんといっても紀伊路の海は景勝で気持ちがいい。その上、海の幸の食も新鮮で実に美味である。

上皇の御幸の目的は武家の供奉や神々への法楽だけではない。最も大きな狙いは熊野三山が持つ政治的な力だ。

熊野を味方につけておきたいのである。山伏など熊野衆徒《しゅと》の力はあなどれないものがあった。

御幸が決まると上皇は陰陽寮《おんみょうりょう》の頭である賀茂在継《かものありつぐ》を召されて、その良き日取りなどを検討させてどのような旅にするかを決める。

熊野と陰陽道はつながりがあった。

昔、藤原道長《みちなが》の時代に朝廷で活躍した陰陽師安倍晴明《あべのせいめい》は、熊野の那智の滝で修行したと知られている。

支度《したく》が整うと上皇は待ちかねたように旅立った。

このようにして後鳥羽上皇と熊野三山のつながりが深まっていった。このことが後に重大な事態を招くことになる。

その頃、鎌倉では執権北条義時が着々と地歩を固め、確乎《かっこ》たる立場を鎌倉政権の中に築いている。だが、その政子と義時に押し潰《つぶ》されそうな実朝は、多感な青年期の息苦しさにあえいでいた。

反抗心が芽生えても病弱な実朝にはそれを表現できない。

源氏の棟梁《とうりょう》としての自覚が出てくればくるほど、母の政子や叔父の義時に怒りが沸き上がってくる。

十九歳にもなればそういうことがわかってきた。

自分は母と叔父の操り人形なのだ。その怒りは爆発しそうになる。実朝は実に聡明《そうめい》な男だった。

そんな気持ちは京の雅や和歌の雅に注《そそ》がれることになる。

本格的に和歌を学んで五年になった。

この前年に実朝は和歌の神である住吉大社《すみよしたいしゃ》に二十首の和歌を奉納、京の歌人藤原定家に十首の和歌を送ってその批評を願った。

実朝の和歌はその胸の内を叫ぶように、藤原定家から送られた万葉集《まんようしゅう》を基本に、万葉調と言われる力強く美しい歌が多い。

山はさけ海はあせなむ世なりとも君にふた心わがあらめやも

実朝は後鳥羽上皇さまに恭順《きようじゆん》しますと詠《うた》った。

大海の磯もとどろに寄する波割れて砕けて裂けて散るかも

嵐の相模の海を詠ったのか、それとも実朝の心の叫びを荒海にぶつけたかったのか、読み人によってたくましく清々《すがすが》しいとするか、それとも実朝哀れ無惨とするか大きく分かれるところだろう。

時により過ぐれば民の嘆きなり八大龍王雨やめたまへ

鎌倉からほど近い大山《おおやま》の阿夫利《あふり》の神に民の難儀を救ってほしいと祈念した歌である。

もののいはぬ四方のけだものすらだにもあはれなるかなや親の子をおもふ

実朝の心の中をどう垣間《かいま》見るかは、読み人によってさまざまであろう。ただ興味深いのはこの将軍実朝の純粋な心の歌を、後鳥羽上皇や藤原定家の歌人たちと、鎌倉の絶対権力者の政子と義時がどう見たかである。

この翌年には鎌倉に鴨長明《かものちようめい》が現れ、実朝を何度も訪ねたという。

その鴨長明は頼朝の墓前に参じ、草も木もなびきし秋の霜消えて空しき苔《こけ》をはらふ山風と詠う。

実朝が都の雅に傾倒していけばいくほど、政子と義時はそれでいいのかと不安になるのだ。

それと似たようなことが京でもおきていた。

後鳥羽上皇は穏和な人柄の土御門天皇を、鎌倉の武家政権との関係においてどうしても心もとないと思う。

そのことで上皇は土御門天皇に譲位させ、弟の守成《もりなり》親王に皇位を継承させようと考えた。

後鳥羽上皇は十一月二十五日に、自分の第一皇子の土御門天皇から、第三皇子の順徳《じゅんとく》天皇に譲位させる。

順徳天皇は十四歳だった。

土御門天皇は上皇になったが何んの権力も持たなかった。

地味な土御門天皇と違って弟の順徳天皇は、あちこちに派手な行幸《ぎょうこう》に臨み鎌倉に示威行為を繰り返す。

それは後鳥羽上皇の意思だった。

後鳥羽上皇は鎌倉の執権北条義時を意識している。都では鎌倉のことを御家人《ごけにん》政治とか執権政治などという。

この時、後鳥羽上皇は三十一歳になり、北条義時は四十八歳だった。

承元五年（一二一一）の年が明けると後鳥羽上皇はまた熊野御幸に出た。上皇が熊野に行くことはそれほど大切なことだった。

熊野御幸を始めたのは白河《しらかわ》上皇であった。

その白河上皇は熊野御幸に先立って先達《せんだつ》という、道案内人として修行を積んだ修験者を決めた。その初代が増誉《ぞうよ》という園城寺《おんじようじ》（三井寺《みいでら》）の僧である。最高の修験者といわれ待賢門院《たいけんもんいん》や美福門院《びふくもんいん》などの先達も務めた。

白河上皇は熊野三山検校《けんぎよう》というものを新設して初代に増誉を任命した。その熊野三山検校は京にいるのだが熊野にいる熊野別当の上に置かれた。

なかなかの権威と権力である。

後鳥羽上皇の頃には仁和寺《にんなじ》の長厳《ちようげん》という僧が、この熊野三山検校を狙って上皇に近づき気に入られていた。

この後、那智山検校を経て熊野三山検校となる僧だ。

この僧が後鳥羽上皇に大きな影響を及ぼすことになる。上皇は熊野から帰ると四月に改元を行った。

承元五年四月二十七日が建暦《けんりゃく》元年四月二十七日に改元された。

改元の理由は土御門天皇が譲位して、順徳天皇が践祚《せんそ》したという慶事の改元である。

その頃、鎌倉では実朝の健康が優れないため、政子や信子姫は心配な日々を過ごしていたが、ついに六月二日に実朝が急病に倒れた。

この実朝の病弱だけは仕方がなかった。いつものことで神仏にすがるしか病平《へい》癒《ゆ》の方法はない。

そんな中で将軍の後継もちらほら出てくるようになった。

いくら北条政権の傀儡であろうが、頼朝の源家の存在は鎌倉においては実に大きい。実朝に万一のことがあれば残るのは公暁《くぎょう》など頼家の子たちだ。

それが駄目なら京から天皇や上皇の皇子である宮将軍ということになるのだが、そこが難しい。

源家の血を引く人たちが頼家の子以外にもいるのも間違いない。

そういうことが噴出すると鎌倉は乱になりかねないのだ。

従って、こういう問題には誰もが敏感で慎重になる。明日にも信子姫が懐妊するかもしれないという期待もある。

実朝の病が長引くと、七月八日に政子は実朝夫人の信子姫を連れて、相模の日向《ひなた》薬師に向かった。

大山阿夫利神社に行く道筋にあり、霊亀《れいき》二年（七一六）に行基《ぎょうき》が開いた日向山霊《りょう》山寺《ぜんじ》が始まりという古刹《こさつ》で、頼朝と政子の娘の大姫《おおひめ》が危篤に陥った時、頼朝が最後に大姫の病退散を願ったのが日向薬師だった。

この国に二つとない効験《こうけん》の薬師如来と頼朝が言ったことがある。

それを思い出したのか政子はこの前年にも、実朝の病退散を日向薬師に願いにきていた。

この日向薬師は実朝誕生の安産祈願所でもあった。政子と信子姫は薬師如来像に実朝の病平癒を祈願した。

するとたちまち霊験《れいげん》が現れて実朝は回復に向かった。

元気になると実朝と信子姫はあれこれと楽しそうに和歌を作る。政子を始め鎌倉の者たちが願っているのは、一日も早く信子姫が和子《わこ》を上げることなのだがその気配はない。

政子は頭を抱えてしまう。

秋も深まり十月になると、都から鴨長明が鎌倉に現れる。

鴨長明はかねてから、京の下加茂《しもがも》神社の河合社《ただすのやしろ》の禰宜《ねぎ》の職を望んでいたのだが叶《かな》わず出家した。

出家してからは京の東山《ひがしやま》や大原《おおはら》あたりに住んでいたが、飛鳥井雅経《あすかいまさつね》の推挙で実朝の和歌の師として鎌倉に来たのだ。だが、和歌の師といってもあれこれ思いがあって、実朝と何度か話し合ったが、考えがあわず師になることに失敗する。

この翌年に鴨長明の「ゆく河の流れは絶えずして、しかももとの水にあらず、淀みに浮かぶうたかたは、かつ消えかつ結びて、久しくとどまりたるためしなし、世の中にある人とすみかと、またかくのごとし」で始まる方丈記《ほうじょうき》が完成する。枕草子《まくらのそうし》、徒然草《つれづれぐさ》と並ぶ三大随筆という。

この後、鴨長明は河合社に方丈《ほうじょう》の庵《いおり》という、柴で囲った粗末な庵を結んで晩年を過ごしたと伝わる。長明はこの河合社の禰宜の息子だったともいう。

河合社は神武《じんむ》天皇の母、玉依姫命《たまよりひめのみこと》をお祭りする神社として、古くから女を守護する神さまとされ信仰を集めた。

玉依姫は玉のように美しい姫であったことから、本朝第一の美麗神といわれている。

十一月になると政子は将軍実朝が丈夫になってくれるように、鶴岡八幡宮《つるがおかはちまんぐう》の神宮寺に薬師三尊を安置する。

最後の大物

尼御台こと政子の願いはただ一つ、将軍実朝が元気に日々を過ごしてくれることだ。

それが叶わなければ何も始まらない。

建暦二年（一二一二）の年が明けると箱根《はこね》の雪が消えるのを待って、政子と実朝は二人で二所詣《にしょもうで》に出かけた。

まだ二月で海からの風も山からの風も冷たい季節だ。

鎌倉から二つの輿《こし》が西に向かった。

伊豆山権現《いずさんごんげん》と箱根権現の二ケ所をお詣りする。鶴岡八幡宮とともに坂東武士団の信仰の対象になっていた。

急ぐ旅ではなかった。

母と息子の穏やかな信仰の旅だ。実朝の病に疲れた体を走湯《はしりゆ》に浸してやりたいという母心でもある。母子であれば時には考えの違うこともあるだろう。

政子には政権から遠ざけられている、実朝の辛い気持ちがわかるだけに労《いた》わってやりたいとも思う。

この母政子との二所詣が切っ掛けで、実朝は積極的に二所詣をするようにな
る。走湯を殊《こと》の外《ほか》気に入った。病弱な人には湯治《とうじ》というのはよいものだ。

箱根から戻ると政子は三月になって、実朝夫婦と今度は大勢の女房たちもつれ
て三浦三崎《みうらみさき》に出かけた。

春の陽光は力を孕《はら》んで暖かな海風となって吹いてきた。三崎の風光明媚は鎌倉
とは違う。頼朝はその景色を愛し、三崎に桜を植えて酒宴を開いたことがある。

政子には遠い思い出だ。

三月は三崎が花に包まれて最も美しくなる季節なのだ。しばしの気晴らしもい
いだろうと政子は思う。

そんな将軍一行の中に、将軍実朝の御台信子姫に仕える御所の女官で、佐渡守《さどのかみ》
親康《ちかやす》の娘という美女がいた。信子姫のために京から下ってきて日が浅かった。

何んとも嫋《たお》やかな京の娘で、京言葉も溶けてしまいそうな流暢《りゅうちょう》さで、その笑
顔が男心を蕩《とろ》けさせてしまう。

政子も信子姫も将軍のお手がつくならそれでもいいと思っている。

だが、実朝は信子姫を愛していて、他の女房には眼もくれない有様なのだ。それに病弱で信子姫だけで手一杯なのだ。

そんな時に事件が起きた。

五月七日の昼過ぎのことだった。政子は書見をしながら気持ちようつらうつらしていた。

そこに阿波局《あわのつぼね》が飛び込んできた。

「姉上ッ!」

「なにごと、騒々しい……」

「将軍さまの御台の女官に艶書《えんしょ》を送った者がいると奥では騒ぎになっております」

「艶書?」

「はい……」

「艶書ぐらいでそんな大騒ぎか?」

「それが姉上……」

阿波局が奥で聞いてきたことをぽつぽつと話し出した。

「その女官というのが問題でして……」

「誰か？」

「例の京から来ました姫にございます」

「なんだと！」

「姉上、落ち着いて聞いて下されや、その艶書を送ったのは誰だと思います？」

「誰なのだ？」

「朝時《ともとき》です……」

「あ、朝時だと？」

「はい……」

「なんということを……」

「将軍さまが激怒しておられます。御台さまと女官は泣いております」

「おのれ、朝時！」

政子も怒った。

朝時とは執権北条義時の次男で、正室だった姫《ひめ》の前《まえ》が産んだ子で、長男泰時《やすとき》より母親の格が上なのだ。場合によっては北条家の後継者にもなれる男だ。

その男が、こともあろうに将軍の愛妾《あいしょう》にもなろうかという御台の女官に艶書を送ったのだ。

「そればかりではありません、姉上……」

「なんだ？」

「その女官に艶書を送っても一向になびかないので、深夜にその娘の局に忍び込んで誘い出したということです」

「な、なんだと、局に忍び込んだッ！」

「夜這《よば》いです……」

「よ、よ、よば……」

政子がひっくり返りそうになった。朝時に殺意さえ湧いた。

「手を付けたのか？」

「わかりません……」

朝時の振る舞いがすべて露見した。

この時、朝時は二十歳でそういう年ごろだった。

いい女がいると聞くと馬を走らせて飛んでいって口説いた。おもしろく自慢でもあったが今度ばかりはそう甘くはない。

他の女房なら仕方のないことをしおって馬鹿者がで済むが、わざわざ京から信子姫が呼び寄せた女官なのだ。

打ち首にしたいところだが、執権義時の息子ではそうもいかない。

「執権に来てくれるよう伝えてくれ、それに、奥で騒がぬように取り鎮めてもらいたい」

「わかりました」

阿波局が出ていくと政子は頭を抱えた。

若い者はそれぐらいの元気がなくてはならないと思うが、事がことだけに義時の息子でも甘い顔はできないと思う。

義時がなかなか政子の前に現れない。

夕刻になって義時が政子の御所にきた。

「聞いたか？」

「はい、局から聞きました」

「それで……」

「伺《うかが》うのが遅くなりましたが、朝時に手を打ってまいりました」

その時、朝時は名越の祖父時政の屋敷にいた。次男だが北条本家の屋敷を朝時が受け継いでいた。

「朝時に義絶《ぎぜつ》を命じ、駿河に蟄居《ちっきょ》を命じました」

「駿河に？」

「はい、伊豆では具合が悪いと思いました」

義時は伊豆に蟄居させると父時政の影響を受ける可能性があると考えた。政子も伊豆ではまずいと思う。

いざという時は朝時を戦に使わなければならない。あまり遠くに行かせると好き勝手をしかねないと思って、箱根を越えた駿河辺りならすぐ呼び戻すこともできると考えた。

女のことで息子を潰すことはできない。若い男に女の出入りは当然のことだ。義時はそう重くは考えていないが、将軍の愛妾になるかもしれない女官に手を出したのはまずい。

朝時の母の姫の前は頼朝の御所にいた女房だ。

それを義時が気に入っていると頼朝が気づいて仲介してくれたのだった。

事実、鎌倉に騒動が起きて、義時は朝時をすぐ呼び戻すことになる。だが、執権が息子と義絶し鎌倉から追い出し、駿河に蟄居させたと知れ渡ると、将軍御所の騒ぎは一気に沈静化した。

この美女と朝時は残念ながら結ばれることがなかった。

八月になると政子は実朝夫婦と連れ立って、鶴岡八幡宮で行われた舞楽を見にいった。

八月十九日には実朝の病弱を気にしてか、むやみな殺生を禁じて鷹狩《たかが》りの禁止令が出された。

この頃、鎌倉政権は相模川の橋の補修を行うなど穏やかだった。

京の朝廷とも表立った大きな問題もなく、執権北条義時の政治はうまくいっているかに見えたが、こういう静かな時こそ警戒が必要だ。

その静けさの中に何が潜んでいるかわからない。

執権北条義時は建暦三年（一二一三）の年が明けて五十一歳になった。政子は五十七歳になる。将軍実朝は二十二歳になった。

正月が過ぎた二月に朝廷は実朝を正二位に上階させ、執権の義時は正五位下を与えられた。

静かな正月を迎えたがその静けさの中で、執権北条義時打倒、義時暗殺の陰謀が進められていた。

その首謀者は鎌倉の御家人で、信濃《しなの》小県《ちいさがた》小泉《こいずみ》を領地とする泉小次郎《いずみこじろう》親衡《ちかひら》という。

清和《せいわ》源氏の名門で多田《ただ》大権現という神号を下賜された源満仲《みつなか》の弟満快《みつよし》の十代の孫だという。

源氏の泉親衡は平氏の北条家の下にいることを好まなかった。

そこで親衡は二代将軍頼家の三男千寿丸《せんじゆまる》こと栄実《えいじつ》十三歳を擁立《ようりつ》、執権北条義時を誅殺《ちゆうさつ》して鎌倉政権を平家から源家に取り返そうと考えた。

そのためには鎌倉で乱を起こさなければならない。

義時を倒すには百や二百の兵では足りない。少なくとも五百から千人の兵力は必要となる。

そこで北条義時の執権に不満を持つ御家人を糾合《きゆうごう》する。義時に日頃から不満を言う武将は少なくなかった。

親衡は郎党《ろうとう》の青栗七郎《あおぐりしちろう》の弟、安念坊《あんねんぼう》に命じて挙兵する御家人を集めた。

だが、この陰謀が露見する。

それは安念坊が千葉成胤《ちばなりたね》を訪ねて、頼家の遺児千寿丸を擁して、北条義時打倒の計画があると話して協力を求めたからだ。

「謀反人《むほんにん》がッ！」

成胤はいきなり安念坊を捕縛すると、執権義時のもとに連行し、取り調べにかかった。

安念坊の自白によって、その計画に同意した武将が百三十余人、計画に参加すると思われるのが二百余人と多かった。

鎌倉で三百人を超える反執権派がいることに義時が驚いた。

その軍勢が集結してからでは手の打ちようがなくなる。最終的には三百人や四百人ではすまない軍勢が集まる可能性すらある。

義時はこれをどう判断するか少し焦った。

これだけの人数が集まるということになると、親衛だけでとても集められるとは思えなかった。

誰か後ろに黒幕がいるのだろう。

義時に思い当たるその人物は侍所別当の和田義盛しか考えられない。

安念坊が自白した中に和田義盛の名はないが、その息子の義直《よしなお》と義重《よししげ》に甥《おい》の胤《たね》長《なが》の名があった。

その頃、和田義盛は領地の上総伊北《いほう》に行っていて鎌倉を留守にしている。

義盛ともあろう武将がこんなまぬけな陰謀を考えるとは思えない。だが、この際、和田義盛一族を滅ぼすいい機会だと義時は判断した。

義時はまず泉親衡を捕縛するよう命じる。

「軍勢を繰り出して親衡を捕らえてまいれ。まだ逃げてはいないだろう！」

「はッ、畏まって候ッ！」

すぐ捕縛軍が集められ泉親衡の屋敷に殺到した。

「泉殿ッ、事は露見したぞッ、神妙に出てまいれッ！」

「おうッ、暫《しば》し待てッ！」

屋敷の中は大騒ぎで戦いの支度にとりかかる。屋敷の中には親衡に味方する百人ほどの武将たちがいた。

「出てこなければ押し込むぞッ！」

表門、裏門を打ち破って屋敷を包囲していた軍勢のうち半分ほどが突撃した。

事が露見すれば逃げるしかない。

親衡は郎党を集めて捕縛軍と合戦に及ぶ。

「屋敷から押し出せッ！」

「押し戻せッ！」

「殺すなッ、捕らえろッ！」

両軍は押し合いへし合いだが、戦いは寡兵ではいかんともしがたく、親衡は大混乱の中でいち早く逃亡して姿を晦《くら》ました。

その合戦の中で和田義盛の息子の義直と義重、それに甥の胤長が捕縛され、尾張中務丞《なかつかさのじょう》に養育されていた千寿丸は捕縛されて祖母の政子に預けられた。

親衡の信濃の所領は義時の長男泰時に与えられる。

この鎌倉の騒動を聞いて和田義盛が、三月八日に急いで鎌倉に戻ってきた。息子たちが捕縛されているのだから謝罪するしかない。

和田義盛はすぐ実朝に赦免を願い出た。

すると義直と義重はすぐ放免されたが、甥の胤長は主犯格だと言われて許されない。

そこで翌九日に義盛が一族九十八人を引き連れて、将軍御所の南庭に並んで助命嘆願をしたが、それでも許されずに、和田一族の面前で胤長はきりきり縛り上げられ、預かり人となった二階堂行村《にかいどうゆきむら》に下げ渡され、その屈辱的な姿を晒《さら》したのである。

義時の挑発である。

その上で、十七日に胤長は陸奥《むつ》へ流罪になり屋敷が没収された。

ところがその数日後、二十一日に哀れにも胤長の娘六歳が、あまりの衝撃と悲しみで病になると、あっという間に息を引き取った。

鎌倉にある胤長の屋敷は没収されたが、罪人の屋敷は一族に下げ渡される慣わしであることから、和田義盛が自分に賜りたいと二十五日に将軍に申し出た。

この義盛の願いは当然のことで聞き入れられた。そこで直後に義盛が久野谷彌次郎を代官として胤長の屋敷に置いた。

ところが四月二日に突然、泉親衡の乱の平定で胤長を捕縛し、手柄のあった御家人の金窪行親《かなくぼゆきちか》に、執権の義時が将軍を無視し、久野谷彌次郎を追い出して胤長の領地と屋敷を下げ渡したのである。

明らかに嫌がらせで義時とはこういうことをする男だった。

この義時の仕打ちを和田義盛は挑発と見た。戦いを仕掛けられたと見て当然である。鎌倉政権の侍所別当として面目丸つぶれだ。

事実この時、執権北条義時は和田一族を滅ぼす覚悟をしていた。和田義盛は十三人の合議制の中で生き残っている最後の大物である。

強大な武力を持つ和田一族を滅ぼさない限り、執権とはいっても義時の立場は盤石とはいえない。

この謀略こそ、泉親衡の騒動を逆手に取った義時の望む仕掛けだった。

何がなんでも義盛を叩《たた》き潰さなければならない。

この事件で鎌倉政権内の二大勢力ともいえる執権北条義時と、侍所別当和田義盛の関係が急速に悪化することになった。

一触即発、鎌倉は流言飛語が飛び交い、今にも破裂しそうな緊張に包まれた。

度重なる義時の無礼に怒りが爆発、和田一族を挙げて挙兵することが決まった。すると、実朝の側近で義盛の孫の朝盛《ともmori》が反対、主君の実朝に弓矢は向けられないと、十六日に出家して京に出奔した。

これを知った義盛が秘密が漏れると激怒、義直に朝盛を追わせて鎌倉に連れ戻した。

こんな騒ぎを起こしては、挙兵するのではないかと思われても仕方がない。義時も駿河に蟄居させた次男の朝時を鎌倉に呼び戻す。

四月二十七日には将軍実朝の使者が、若宮大路にある和田義盛の屋敷に入った。

「将軍さまがことの外心配しておられる。和田さまの真意をお聞きしたい……」

「それがしは将軍さまには恨みなどござらん。ただ相州の傍若無人《ぼうじゃくぶじん》、傲慢無礼《ごうまんぶれい》の仔細《しさい》を問いただすために支度をしておる」

正直な和田義盛の気持ちだ。

頼朝の挙兵に三浦一族として和田義盛は参加した。頼朝のために初代侍所別当として働いてきた。六十七歳の義盛には執権といえども、若僧の義時にぐずぐず言われたくないという気持ちがある。

挑発されたら受けて立つという少々単純なところがある。

そこが御家人たちに好かれるところでもあるが、義時のように狡猾《こうかつ》な男には利用されやすい。

その弱点をうまいこと狙われた。

和田義盛に味方するのは波多野《はだの》一族や武蔵横山党《むさしよこやまとう》などに、一族では本家筋にあたる三浦義村《よしむら》などが主力軍になる。

三浦義村は執権義時に近い男だ。

それを警戒して和田義盛は三浦義村に起請文を書かせた。

だが、そんな「裏切りません」などという起請文ほどあてにならないものはない。そんな起請文は「裏切ることがあります」と言っているようなものなのだ。

そのあたりを和田義盛はわかっているのか、どちらかというと義盛は愚直に義村を信じるような武将だった。

執権北条義時は三浦義村は自分を裏切らないと思っている。

合戦という自分の命運をかける戦いになると、ついつい人の本性が現れてしまうものなのだ。

それは誰でも死にたくないからだ。

ことに義村は眼鼻の利く男で、北条義時にどれぐらいの兵が集まり、和田義盛にどれほど味方する兵がいるかを数えている。

結論は執権の方が有利だ。

六根清浄《ろっこんしょうじょう》

五月二日にその戦いが始まった。

それは若宮大路の和田義盛の屋敷に兵が集まり出したのを、隣家の八田知重が気づいて政所別当の広元に通報したことから始まった。

その時、広元は酒宴の最中だったがすぐ御所に上がった。

三浦義村は弟の胤義《たねよし》と相談して、早々と和田義盛を裏切ると決め、北条義時のところに走って和田義盛の謀反だと一部始終を話した。

義時と義村は既に通じている。この時、義時は囲碁を打っていた。

「やはり、そうか……」

「それがしは御所の警備にまいります」

「うむ、そうしてくれ……」

義時は衣服を改めると慌てることなく将軍御所に向かった。そこで泰時や朝時らに戦いの指図をした。

和田義盛軍は申《さる》の刻《こく》（午後三時～五時）に屋敷から出撃した。その時、土壇場になって義村が寝返って義時に味方したことがわかる。

そのため、義盛は兵力不足のまま将軍の大倉《おおくら》御所を襲撃して火を放った。酉《とり》の刻（午後五時～七時）に御所が一気に燃え上がった。この時すでに、広元は尼御台政子と将軍御台の信子姫を鶴岡八幡宮に避難させていた。

実朝も炎上する御所からの脱出に成功した。

和田軍が、御所を守っている三浦義村や北条朝時たちと戦いになった。

両軍は鎌倉の中での戦いになり、鎌倉中が大騒ぎになりあちこちで戦いが始まった。

御所や周辺の屋敷に火が入って燃え上がり混乱が広がる。

和田軍には弓の名人和田義盛はじめ、三男の朝比奈義秀《あさひなよしひで》など豪の者が多い。義秀は怪力の持ち主で、和田義盛と巴御前《ともえごぜん》の間に生まれたという。兎《と》に角《かく》、強い。御所の惣門《そうもん》を破って南庭に入ると北条軍の武士を次々と倒した。

御所を守る御家人に義秀の従兄弟の高井重茂《しげもち》がいた。

「重茂ッ、いいところで出会ったな？」

「おう！」

二人は弓を捨てると馬上で組討になった。一族同士の戦いだ。二人は組み合ったまま落馬して、それでも戦いが続いた。だが、義秀の方が強く重茂を討ち取る。

そこに北条朝時が襲いかかってきたが、義秀の敵ではなく跳ね飛ばされると怪《け》我《が》をして辛《かろ》うじて逃げていった。

義秀は義時の甥の足利義氏《よしうじ》と出会う。義氏の母は政子に吉夢を売った時子《ときこ》だ。

「義氏ッ！」

義秀が馬上の義氏の袖をつかんで引き落とそうとした。だが、義秀の強さを知っている義氏は馬の名人で、袖を千切《ちぎ》られながらも落馬せず逃げていった。

朝比奈義秀は母巴御前の血を引いて和田軍一の武将だった。その奮戦ぶりは凄まじく北条軍は近づかない。

だが、北条軍には次々と新手の援軍が現れる。

矢も尽きてくると人馬も疲労困憊《こんぱい》になり、和田軍は徐々に劣勢になり由比ガ浜に退却して陣を敷いた。

翌五月三日払暁、寅《とら》の刻（午前三時～五時）に由比ガ浜に背水の陣を敷く和田軍に、横山時兼《ときかね》らが率いる援軍が現れた。

横山党と呼ばれる三千騎を超える軍団だ。

和田軍は息を吹き返し勢いが出てきた。苦しい戦いの時は援軍が地獄に仏である。辰《たつ》の刻（午前七時～九時）になると曽我、中村、二宮、河村など相模や伊豆方面の御家人が、続々と稲村《いなむら》ケ崎《さき》に姿を現した。

優勢に戦いを進める和田軍だが、その軍勢が敵か味方か和田軍も北条軍もわからない。

その軍勢を見て狼狽《ろうばい》したのは劣勢な北条軍だった。稲村ケ崎に現れた軍勢もどっちに味方するか決めかねているようで動かない。

それを見抜いた広元が将軍実朝の名で御教書《みぎょうしょ》を作って、使者に持たせると稲村ケ崎の浜辺にいる軍勢に味方するよう促した。将軍からの命令となれば否《いな》やはない。

稲村ケ崎の軍勢が一斉に北条軍に味方した。

巳《み》の刻（午前九時～一一時）、戦いに勢いのついた和田軍が、由比ガ浜の陣を後に北条軍を浜辺から押して行った。

戦いには戦機と勢いというものがある。それをつかんだのは和田軍の方だった。

「押せッ、押せッ！」

「押しまくって鎌倉から追い出せッ！」

勢いをつかんだ和田軍が北条軍を海岸から鎌倉の中に追い込んでいった。和田軍が突入すると若宮大路にいた北条泰時と叔父の時房が猛然と反撃する。

「泰時ッ！」

馬上から大声で叫びながら朝比奈義秀が現れた。

「おうッ！」

泰時は嫌な奴が現れたと逃げ腰になる。義秀と五分に戦えるような豪傑は北条軍にはいない。一騎打ちでは負ける。

「かかれッ、義秀を討ち取れッ！」

「卑怯者《ひきょうもの》がッ！」

若宮大路では朝比奈義秀を囲んで大激戦になった。兎に角、義秀は強い。北条軍は押されているが兵の数は多い。次々と新手の兵をつぎ込んで義秀や和田軍を疲れさせるしかない。

やられてもやられても、若宮大路に新手の兵が現れた。

義秀はそれらを追い散らして奮戦するが、義秀も疲れてくるし和田、横山軍も疲労してあちこちで討ち取られる。

兵の数を減らした。

「敵が疲れてきたぞッ！」

「海に追い落とせッ！」

「押せッ！」

形勢が徐々に逆転していくが、それでも和田軍は踏みとどまった。

だが、酉の刻になって和田義盛の嫡男義直が討死した。これを見て義盛はがっくりきた。

「今は戦う甲斐も無し……」

そう言って声をあげて号泣したという。

戦いの最中に大将がこういう醜態を見せては戦いにならなくなる。その和田義盛に江戸義範の郎党が襲いかかって討ち取った。

義盛の息子たちの義重、義信、秀盛も次々と討死する。もう戦いにならない。

朝比奈義秀は自軍の五百騎ほどを集めると、六艘《そう》の船に乗って戦場から脱すると所領の安房《あわ》へ向かった。

義盛の孫の朝盛も生き延びて鎌倉を脱出すると京に向かった。

横山党もバラバラに逃げ去って戦いは北条軍の勝ちで終わった。残った和田軍は由比ガ浜に引いて全滅する。

戦いが終わると和田一族の首級二百三十四が境川《さかいがわ》に晒された。

朝比奈義秀、朝盛の他に義盛の末っ子義国が近江へ逃げたとも伝わるが、この戦いで和田一族は全滅する。

戦いに勝った北条義時は和田義盛の侍所別当も手にし、政所別当と兼任するなど執権としての権力を強化した。もう、義時に刃向かえるような御家人はいなくなった。十三人の合議制も義時、広元、入道康信、八田《はった》知家《ともいえ》の四人になった。

北条義時の仕掛けた罠《わな》に、和田義盛はからめ取られたことになる。義時の北条執権体制がこの戦いでほぼ固まったといえる。

安房に逃れた朝比奈義秀は消息不明になり、高麗《こうらい》に逃れたという伝説が伝わっているが、豪勇無双ではあるが謎の多い人物でもある。

鎌倉に平穏が戻って戦いの傷跡も消えた十一月に、政子は頼家の遺児である千寿丸を出家させて、臨済宗の栄西の弟子にして栄実と名乗らせる。

十三歳の栄実は頼家の息子であるために、反北条家や反義時の人々には利用されやすかった。

政子はそれを警戒した。

頼家の子には栄実の他に鶴岡八幡宮にいる公暁、頼家の死後に出家して京の仁和寺に入った禅暁《ぜんぎょう》もいる。

この三人がいつ北条家に牙をむくかわからない。

今回は栄実が幼いために許されたが、これから長じてくればどのような動きをするかわからない。将軍実朝の病弱とこの三人の孫のことが政子の心配の種だ。

だからといって三人のうちの一人を、実朝の後継の将軍にすることも難しい。

この三人をめぐってまだ一波乱起きそうな嫌な予感がする。

この頃、京の藤原定家から将軍実朝に万葉集《まんようしゅう》が贈与された。実朝が愛する本朝で最も大切な歌集である。

実朝の歌が益々万葉風に傾いていくだろう。

この度の戦いで実朝は現実の戦いの凄まじさを初めて知った。戦いの最中は政子や夫人の信子姫と別れ、父頼朝を祀る法華堂《ほっけどう》に避難していた。実朝は嫌なものを見てしまった気がする。

実朝が愛する京の雅と武家の殺し合いは真逆だ。その衝撃は大きく、信頼していた和田義盛の死は非情な現実だった。

苦しくなると実朝は現実から逃避して和歌の雅に逃げ込んだ。

頼りない将軍といえばそうだが、鎌倉政権にとってその方が都合はいいのだ。将軍に指図されることを執権義時は嫌う。

定家から送られてきた万葉集はそんな実朝の心の逃げ場になった。

十二月六日に朝廷は改元を行い、建暦三年十二月六日を建保《けんぽう》元年（一二一三）十二月六日とした。

改元の理由は地震によるというのだが、東国で大きな地震が起きたのは、和田と北条の合戦が勃発する前日の五月一日だというから不思議だ。

地震の改元にしては間が抜けているようにも思う。この改元の頃に実朝の金槐《きんかい》和歌集《わかしゅう》が完成する。

改元して一ケ月足らずで建保二年（一二一四）の年が明けた。

その正月が過ぎた二月四日に将軍実朝がまたまた病に倒れた。こう度々になると政子も穏やかではない。

何かに祟《たた》られているとしか思えないが、それは無惨にも義時に殺された前将軍頼家しか考えられない。実朝は一族が皆殺しになった和田家のことが頭から離れなかった。

夢の如くして青女一人前庭を奔《はし》り通るという。

実朝は病臥《びょうが》していながら人には見えない幻影を見る。こういう時は心がひどく弱っている時だ。

見えないものを見てしまうようでは手の打ちようがない。

和田一族の亡霊が将軍の御前に集まったなどともいう。実朝の心にあの和田合戦の凄惨さがどう影響しているのか誰にもわからない。

そんな実朝の不安と憔悴《しょうすい》は、鎌倉の武将たちの殺伐《さつばつ》さからきている。

実朝を救えるのは神や仏ではなく、雅な都の文化であり、ことに和歌であった。以前にも増して都へ憧れていった。

鎌倉の将軍が王朝貴族文化に傾倒しすぎることは困ることでもある。

武家社会の鎌倉とは違う。

実朝は万葉集だけではなく、都から送り届けられる書籍や歌集を好んで読んだ。そういうものを贈与してくるのは朝廷の関係者なのだ。

後鳥羽上皇が自ら仙洞歌合《せんとううたあわせ》を送ってきた。

こうなると政子は病も心配だが、実朝と朝廷や院との接近が心配になる。

いくら傀儡とはいえ実朝は鎌倉殿《かまくらどの》であり、鎌倉政権の将軍なのであって、あまり都寄りになられては困る。

幾ら都の雅が好きでも分をわきまえて欲しい。

ところが和田一族の滅亡後は、急速にその分を越えようとしているように思える。その危惧が政子だけでなく鎌倉政権内に出始めていた。

危険な兆候だ。

藤原定家が秘蔵の書である万葉集を実朝に贈与したのには理由がある。

以前から定家と実朝は交流があり、新古今和歌集《しんこきんわかしゅう》などを献上してきたことがあった。だが、今度の万葉集の贈与はその時とは意味が違っていた。

藤原定家は伊勢の小阿射賀《こあざか》に荘園を持っていて、そこに地頭の渋谷某《しぶやぼう》がいて違法なことを行っていると実朝に訴えてきたのだ。

すると実朝は渋谷某の地頭職を停止した。

素早い万葉集贈与に対する返礼である。となると問題は小さくない。歌道のために地頭職を停止したと非難される。

もし、地頭の渋谷某に非があったとしても地頭職の停止は問題だ。

武家の棟梁である鎌倉殿に対する信頼を大きく損ねかねない。それは鎌倉政権に対する不信感になりかねない。

この藤原定家の問題が起きる少し前には、畠山重忠の縁者の重慶《ちようけい》が、下野日光山《しもつけにつこうさん》で祈禱を行い、謀反を企てているとの報告が鎌倉に入った。

この話を聞いた実朝が、下野の御家人長沼宗政《ながぬまむねまさ》に重慶を生け捕りにするよう命じた。

ところが宗政は重慶の首を持ち帰り、実朝の勘気《かんき》をこうむった事件が起きた。

その宗政に実朝は、畠山重忠は罪なく誅された者だ、その子の重慶に犯意を確かめずに殺すとは粗忽者《そこつもの》だと叱った。

それに宗政が反逆に間違いないので誅殺した。もし、生け捕りにしたらあれこれと助命のことがあって、穏便な沙汰になるに違いないと思い誅しました。頼朝さまの時には犯罪には厳罰で臨みましたが、当代さまは歌鞠《かきく》を好まれ、武芸はすたれておりますと反撃した。

将軍実朝に対する痛烈な批判である。

一御家人にまでこのように言われるようでは鎌倉殿の面目がない。

これは宗政だけの考えではなく鎌倉の御家人の多くがそう思っていると考えられた。

すでに鎌倉殿の権威に傷がついている。

武家の棟梁として実朝は不適格だ。鎌倉の御家人たちは都の風雅などどうでもいい。大切なことは武家としての誇りと領地である。

御家人たちの思いを実朝は見落していた。

鎌倉にいる実朝は源氏の御大将の鎌倉殿ではなく、京の雅を愛する歌人としての実朝でしかない。

だが、実朝をそういうふうにしたのは、北条家の時政であり政子であり義時である。

十三人の合議制を採用し、源家の頼家から強引に権力を取り上げた御家人たちであることは間違いない。

その御家人たちを率いているのは、今やただ一人の権力者にのし上がった執権北条義時である。義時の考え次第で実朝の命運は決まる。

それを二十三歳の実朝は充分にわかっていた。藤原定家のことも長沼宗政のこともそんな実朝の運命に対する反抗だったのかもしれない。

だとすれば悲し過ぎる反抗心と言うしかないだろう。

もうすでに実朝の心は病んでいたのかもしれない。鎌倉には身の置き所がないのだと気づいている。

最早、何もできない将軍、鎌倉殿であることに実朝の心は朽ち始めていた。

病が癒えて夏が過ぎ、秋になると実朝は鬱屈した気持ちを解放するように、鎌倉を出て西に向かい二所詣に出かけた。

伊豆山権現で神の息吹を感じようとする。

実朝は都への憧れからか、心の均衡が壊れそうになるのを感じた。何もできない将軍とは何か、飾りものの鎌倉殿に何んの意味がある。

走湯に入り広大な海の彼方《かなた》を眺めていると、自分の小ささに驚き、海の彼方にはは何があるのだろうと思う。

観音菩薩《ぼさつ》の補陀落山《ふだらくせん》があるのだろうかと眼を閉じて考える。

熊野からは小船に乗って遥か彼方の補陀落山を目指すと聞いた。また、日光を補陀落ともいうそうで補陀落を二荒《ふたら》といい、後に弘法大師空海が二荒をにこうと読んで日光になったのだともいう。

その昔、日光に勝道《しょうどう》上人が建立した紫雲立寺《しうんりゅうじ》があり、補陀落山のように観音菩薩の霊場だったのだろう。

実朝は都にでも補陀落山にでも逃げ出したい。

走湯は実朝の痛んだ心を癒してくれる。二所詣は実朝の心を癒す旅でもあった。走湯から箱根山に登って行く旅は結構難儀だ。

実朝は杖《つえ》を突き、自らの足で険しい山道を歩いた。

六根清浄《ろっこんしょうじょう》の精神である。

わが心を清めたまえ、わが魂を浄《きよ》めたまえと祈りながら、病身の体を引きずって実朝は箱根山に向かった。

若き鎌倉殿は必死で生きる道を探している。

その頃、京では再び栄実が担《かつ》がれて事件が起きそうになっていた。

京にいる和田義盛の残党と、鎌倉から逃げてきた残党が合流して蠢《うごめ》いている。

その残党たちに出家した栄実が担がれた。

残党の反乱は頼家の子である栄実を旗印に、六波羅《ろくはら》を攻撃しようとする計画だった。

だが、そんな計画が易々と実行できるはずもない。すぐ鎌倉方に露見して計画は実行前に破綻《はたん》した。完全な失敗だ。

十二月十三日に残党たちの隠れ家が、鎌倉方の襲撃を受けて栄実は自殺する。十四歳だった。但し、栄実は五年後の承久《じょうきゅう》元年（一二一九）十月六日に自害したとも伝わる。

また、栄実は鎌倉野庭村《のばむら》で百姓になったとの伝説もある。

鎌倉の北条政権に恨みのある者たちにとって、頼家の息子の栄実は旗印には最も良いとされたのであろう。

十四歳の少年は同情を買うのに充分だった。

後の世に哀れな少年栄実のために、色々な伝説が創作されても、それはすべて許容されるだろう。

名門源家の少年が戦いに利用され、大嵐に翻弄されながら、風雲の中に消えていったことだけは事実である。

おそらく生き永らえることはできなかったであろう。

補陀落渡海《ふだらくとかい》

建保三年（一二一五）の年が明けた正月六日には、初代執権北条時政が腫瘍《しゅよう》のため伊豆の北条で死去した。七十八歳だった。

伊豆の名もなき豪族が源頼朝の舅《しゅうと》になり、その頼朝亡き後に、名門源家と鎌倉政権を乗っ取ろうと野望を育て実現しかけたが、妻の牧の方の口車に乗って将軍実朝暗殺を企てた。それが運の尽きだった。

鎌倉から追放されると、二度と表舞台に立つことはなかった。

その時政が亡くなると牧の方は京に出て、平賀朝雅が義時に誅殺された後に、公卿の権大納言藤原国通と再婚した娘のところに身を寄せた。

京で余生を送ったと伝わるが、消息は不明である。

北条家の繁栄を確立した時政だが死後の扱いは悲惨だった。

北条家の子孫は時政を初代とすることを嫌がり、初代は北条義時であるとして時政は北条家の祭祀《さいし》からは外された。

義時はそういうことをする男なのだ。

三代執権泰時の代になるといっそうはっきりし、頼朝、政子、義時らの年中行事は欠かさなかったが、時政の仏事だけは一切行われずその存在すらも否定された。

時政などという人物は北条家にはいないということだ。

こうまでひどく見捨てられては、時政という人物は確かに好人物とはいえないが、北条家の繁栄の基礎を築いた人には間違いなく、家系から消してしまおうというのは少々乱暴に過ぎる。

政子や義時や時房が、父親とうまくいかなかったことが影響しているようだ。確かに、時政は牧の方に引きずられ晩節を汚した男だが、仏事ぐらいは人並みにやっても罰は当たらないだろう。

政子や義時や泰時に感じるのは、北条家の人々の心の冷たさである。

そうしなければならない事情もわかるが、どこか、凍り付くような冷たさをこの一族に感じてならない。

その冷たさがやがて爆発する時がくる。

夏になって六月五日に臨済宗の開祖、栄西が京の建仁寺《けんにんじ》で入滅した。七十五歳だった。

禅は真言宗《しんごんしゅう》や天台《てんだい》宗とは違う。

その禅とは、心の動きを集中させせることをもって禅となし、心を静かにして動揺させないことをもって定となす。すなわち禅定《ぜんじょう》という。

この後、南禅寺《なんぜんじ》や京都五山《ごさん》や鎌倉五山、妙心寺《みょうしんじ》や大徳寺《だいとくじ》などを中心に栄西の臨済宗は、厳しい禅修行を基本において、全国に広がっていくことになる。

夏も暑い盛りを過ぎた八月十日にまた実朝が病に倒れた。高熱を発して病臥すると信子姫は慌てて使いをあちこちに走らせる。

その度ごとに鎌倉は病気見舞いで大騒ぎだ。戦騒ぎよりはまだいいが、政子は神仏に祈るしかない。

そんな中で九月十四日に執権義時の継室伊賀《いが》の方の父伊賀朝光《ともみつ》が亡くなった。

朝光は蔵人所《くろうどどころ》の役人から鎌倉の御家人になった人で、その出自は藤原北家秀郷流《ひでさとりゅう》藤原光郷《みつさと》が父親だった。

義時が姫の前を離縁した後に伊賀の方が後妻に入り、伊賀一族が鎌倉の御家人として浮き上がってきた。亡くなる五年前に、朝光は伊賀守に任じられて伊賀朝光と呼ばれている。

伊賀家の祖となった。

朝光の妻は十三人の合議制の一人二階堂行政《ゆきまさ》の娘だった。

病弱な実朝の病脳は手の施しようがなかった。鎌倉の神仏に病退散を祈願して治してもらうしかない。

こうなってくると大問題なのが、実朝の後継者問題だ。

誰も表立っては言わないが、信子姫の懐妊の見込みはないと感じ始めている。

四代将軍に頼家の息子の公暁《くぎょう》ということも考えられるが、源家の血筋にすることには政子も義時も納得できない。

北条家としてはこのまま鎌倉の権力を握っていきたい。

そのために将軍頼家を殺し有力御家人を滅ぼしてきた。鎌倉の権力はいつまでも得宗家のものでなければならない。

厄介な源家の将軍は実朝で終わりにしたい。

政子の頭には、お飾りでいいから、天皇家から皇子を鎌倉に賜りたいと浮かんでいた。宮将軍である。

天皇の皇子が臣下に下って源氏を名乗ってきた。

それを考えれば実朝の次の将軍が宮将軍で何んら問題はない。北条家にとってはお飾りの宮将軍であれば好都合だ。

そんなことを政子は考えていた。

どうしてなのか政子は頼家の子は嫌なのだ。自分の息子の頼家を無理やり将軍から引きずり降ろして、伊豆の修善寺に幽閉して殺してしまった。

政子がどう言い訳しても通らない事実だ。

鬼女の振る舞いと言われれば甘んじて聞くしかないのである。そんな気持ちがどうしても頼家の子を実朝の後継にできない。北条一族が皆殺しにされかねないと思う。

この頃、十六歳になった頼家の息子の公暁は、誰もが振り向く驚くような大男に育ってきていた。

子が育つのは早い。

大男が荒々しく育ったら手におえなくなる。政子は鶴岡八幡宮に行って公暁を見るのが恐ろしかった。十六歳にもなれば、自分の父親がどんな死に方をしたか、無責任な他人から聞く年ごろだ。

公暁がどんな気持ちでいるかわからない。

その体はぐんぐん成長して一人前に太刀を振り回すだろう。体の大きな男の子は見るからに恐ろしい。それが無惨に死んだ頼家の忘れ形見であればなおさらだ。

どんな恨みを飲んでいるか誰にもわからない。

政子の頭の痛いことばかりだ。

建保四年（一二一六）の年が明けると静かな正月を過ごした実朝が二所詣に出かけた。実朝にとって走湯に入るのが何よりも楽しみだ。

好きな女にでも会いにいくように、いそいそと実朝は出かける。

政子も信子姫もそんな人がいてくれたら少しは安心なのだが、そんな気配は全くなく、元気に二所詣から帰ってきた。

清廉なのは結構なのだが困ったことだ。

三月になると政子は頼家の娘鞠子《まりこ》十四歳を、実朝夫人の信子姫二十四歳の猶子《ゆうし》にする。頼家に対する政子の罪滅ぼしだ。

夏も近づいた六月八日になって宋人の陳和卿《ちんわけい》が鎌倉に現れる。

陳は実朝に拝謁《はいえつ》を願い出て、六月十五日にそれが実現する。すると陳は実朝を三度拝んで泣き出したという。

あまりのことに実朝は辟易《へきえき》したが、陳が不思議なことを語り出した。

「将軍は昔、宋朝医王山《いおうぜん》の長老であり、その時、われはその門弟にございました」

　それを聞いて実朝は驚愕する。

　実は六年前に見た夢の中で高僧に聞いた言葉と同じだったからだ。実朝はその夢のことは誰にも話していない。

　陳和卿の話を信じた実朝は陳を信頼した。

　この月に実朝が権中納言に昇進、執権義時が従四位下になる。

　前月に続いて七月には実朝が権中納言兼左近衛中将に昇進した。このたて続けの昇進が問題になった。

　こう頻繁な昇進は鎌倉政権の望むことではない。

　将軍実朝だけでなく執権義時にも官位が下賜される。断れば朝廷との間に波風が立つことになる。

　義時と広元が話し合った。

　九月二十日になって広元は実朝の御前に出ると、実朝が官位官職の昇進を望んだことを諫言《かんげん》する。

「お父上の頼朝公のように今の官位を辞し、征夷大将軍のお立場だけでよろしいかと存じますが……」

広元は官位官職にこだわる実朝に父頼朝を見習うべきだと言う。それに対して実朝はこう反論した。

「その諫言は聞いておくが、わしにも言い分がある。聞くか？」

「はい、お聞きいたしたく存じます」

「別当はどう思っているか知らないが、源家の血筋はこのわしで断絶するのだから、より高い官位官職をもらって源家の名をあげたいのだ」

この実朝の言葉が本当とは思えないが、事実とすれば鎌倉殿のあまりにも絶望的な言葉である。

北条政権を正当化するための大いなる嘘だと思う。いざとなれば、まだ頼家の子たちが残っているのだから、まだ源家の正統な血筋は絶えてはいない。

それをこのように実朝に言わせるのは史書が怪しい。

だがこの頃、現実に実朝の官位官職が上がっていることも事実だった。

ところがその実朝が十一月二十四日になると、どうしたことか宋に渡ることを思い立って、にわかに宋人の陳和卿に大船の建造を命じる。

何んとも奇妙だが実朝の渡宋計画は本気で、随行員六十人も決めていた。

義時や時房がいくら止めても実朝は聞く耳を持たない。よほど鎌倉から逃げ出したかったのか、船で海に出てしまえば嫌なことをすべて忘れられると思うのか、実朝の渡宋計画は進められた。

実朝には将軍としても、鎌倉殿としても何んの力もない。

その上、官位官職も望むなと言う。

ただ御所に座っているだけでは息が詰まる。実朝は唐船を造っている造船所を見にいくのを楽しみにした。

海の彼方の補陀落でも宋でもいい。この国を出ていけば何かが始まる気がする。

何かやりたいことができると人は元気が出てくるものだ。

建保五年（一二一七）の年が明けた正月、実朝が楽しみにしている伊豆山権現と箱根権現の二所詣に旅立った。

一緒に行きたそうな信子姫に見送られて鎌倉を出た。

許されるなら走湯に庵でも結んで住みたい。毎日、湯に入って沖の島を見ながら波音を聞いていたい。

実朝は二所詣に出ると気分が晴れ晴れする。

渡宋計画の唐船も造り始められていた。遥か彼方の補陀落山まで行けるかもしれない。補陀落までは無理でも宋まで行ければ大成功だ。

実朝は海の彼方の何かをつかみたい。

戻れなければそれでもいいが、栄西などは二度までも渡宋に成功している。十年後、いや、二十年後に鎌倉に戻ったら何が変わっているだろう。

もう、実朝の夢は海の彼方に飛んでいる。

それには病弱な体を丈夫にしなければならない。

走湯に身を浸すとそんな元気と勇気が湧いてくる気がした。

「大丈夫だ。何んとかなる……」

鎌倉で造っている唐船は大きい。必ず、補陀落や宋まで行ける。実朝は二所詣から戻ると大船造りに熱中した。

ついに四月十七日になって実朝の渡宋計画の唐船が完成した。

鎌倉の海に浮かぶ漁船とはまるで違う大きな船だ。

由比ガ浜でその船の進水が行われたが、その唐船はどうしたことか海に浮かばなかったのだ。

完成を急ぎ過ぎたからか、大船は大きく横に倒れて砂浜から海に出ていかなかった。

数百人で曳《ひ》いて海に出そうとするが、それを嫌がっているように砂にはまって動かなくなった。

その様子を執権の義時が見ていた。

浮かばない船とは何んともお粗末な結果に終わった。

陳がどこまで唐船造りの技術を知っていたのか怪しいものだ。実朝はがっくりだが政子たちはよかったと思う。

大きな唐船は実朝の夢と渡宋計画を乗せたまま砂のうえで朽ちていった。

その後、船がどうなったかなど陳和卿の消息は不明になる。実朝を惑わした不思議な男だった。

鎌倉の現実から逃避したい実朝の夢も消えた。

宋に行きたいのなら九州まで行って宋船に乗れば行けるが、そうしない実朝は熊野の僧たちのように、帰ることのない補陀落渡海をしたかったのだ。

五月になると義時が右京大夫《うきょうだいぶ》になった。

右京大夫とは京職《きょうしき》という官職で、京は南面する玉座《ぎょくざ》から見て左の東側を左《さ》京《きょう》、右の西側を右京と決められている。

その右京の司法、行政などをつかさどる長を右京大夫という。左京には左京大夫という長がいた。

だが、義時は鎌倉政権の執権で京に勤務はできない。

従って、こういう官職は形骸化し、やがて武家官位として珍重されるようになる。

六月になると政子は、公暁を鶴岡八幡宮の別当に昇格させた。義時は公暁を鎌倉政権内に戻す気はない。

鎌倉政権のすべての実権は執権である自分が握る。

将軍親政などと余計なことを口にするようでは、たとえ実朝でも邪魔な存在と見なすしかない。好きな和歌でも作っていてくれればいい。

ましてや頼家の息子である公暁を鎌倉政権に戻すことなどあり得ない。

もう、源家の実朝であれ公暁であれ、鎌倉政権の中で果たす役目はもう何もない。

公暁はまだしも実朝の荒涼たる心の中を吹く風は空しい。精神を病みそうになって、もがき苦しんでいた。

和歌を作るのも渡宋計画と一緒に空しくなった。

そんな時、実朝が見出したのが官位官職の昇進だった。政所別当の広元と口論したことがある。

実朝は昇進することで朝廷と融和し、憧れの王朝の雅と同化したいと思う。その官位官職への渇望はだいぶ前から始まっていた。それを広元が咎《とが》めて諫言、それに実朝が反論したのだ。

もちろん官位官職を求める実朝にはそれなりの言い分がある。

だが、その官位官職を与える朝廷にもそれなりの思惑があってしかるべきだ。

そこを広元は警戒している。

平家のように公家化すれば、鎌倉に武家社会を望んだ頼朝の考えが吹き飛ぶのだ。

広元はそれを恐れている。

鎌倉の御家人たちが和田義盛のように、次々と官位官職を求めたり、義経のように黙って朝廷から官位官職を受けたら鎌倉の秩序はたちまち崩壊する。

公家だった広元は官位官職の魔性を知っていた。

次々と高い官位が欲しくなる。六位なら五位が欲しくなり、五位なら四位が欲しくなるのが官位官職なのだ。

それが朝廷の権威の源泉であると広元はわかっている。

それにまた官位官職をもらう気分は格別なのだ。朝廷に認められたという快感は格別である。

十二月になって執権義時が陸奥守を兼務する。父時政の官位を超えた。

朝廷が狙っているのは将軍実朝と執権の義時だ。次々と昇進させる。位打《くらいう》ちとか官《かん》打ちといい、朝廷が言うことを聞かせるために古くから使ってきた手法だ。

官打ちだとわかっていてもこの快感はたまらない。

昇進というのは痺《しび》れるものだ。

建保六年（一二一八）の年が明けた正月十三日に、実朝はいきなり権大納言に昇進した。ここから朝廷の官打ちによる猛攻が始まる。

二月になると実朝は恒例になった二所詣に出かけた。

走湯に入る快感は格別だった。

海の彼方に行く夢はついえたが、走湯の野天の湯から島を見ていると、鬱屈した気持ちが解放されていくのを感じた。

だがその頃、鎌倉では重大なことが話し合われていた。

宮将軍

年が明ける前から政子の二度目の熊野詣の支度が始められていた。

その目的はもちろん、将軍実朝の健康祈願ではあるが、政子が後鳥羽上皇の側近の藤原兼子《けんし》に会うことだった。

鎌倉政権の最も重要なことは、実朝の後継問題になっている。

万一、実朝が突然亡くなるようなことになると、鎌倉は四代目鎌倉殿をめぐって大混乱になりかねない。

その混乱だけは回避したい。

政子も義時も同じ考えだ。鎌倉政権の執権として今や絶大な権力を握っている義時が嫌うのは鎌倉の混乱だ。

そこで以前からくすぶっている実朝の後継は宮将軍という構想が浮上する。

政子や義時だけでなく、広元や入道康信たちも宮将軍に反対はしなかった。頼家の子を四代目鎌倉殿にとは誰も言えない。

宮将軍以外適当な将軍候補は見当たらないのも事実だ。

「執権殿は宮さまでいいのだな？」

政子が義時に念を押す。上洛《じょうらく》したら政子は藤原兼子にその話をしようと考えている。

「皇子さまに鎌倉へ下っていただければ、できるだけ小さい方を……」

「幼将軍か？」

「その方が鎌倉のためにはよいかと思います」

「そうだな……」

義時の考えは幼い宮将軍であれば鎌倉の色に染めることができる。自分にも都合がいい。朝廷の考えに染まった宮将軍では困るのではと思う。

「広元も入道も同じ考えか？」

「はい、都の考えを鎌倉に持ってこられては困ります」

「そうか、都風は困るか？」

「鎌倉は武家の都です」

義時は鎌倉を都風にする考えはない。そこが最も重要なことだ。鎌倉の御家人が都へ都へと靡《なび》けば鎌倉の政権は崩壊しかねない。

それだけはあってはならないのだが、将軍実朝にはその危うさがつきまとう。

二月二十一日に政子の行列が京に入ってきた。

その政子が会いたい人物はただ一人である。かつて後白河法皇に愛され絶大な権勢を誇った、丹後局《たんごのつぼね》こと高階栄子《たかしなのえいし》と今や並び称される藤原兼子だ。

政子は六十二歳、兼子は二つ年上の六十四歳、東西で大きな権勢を誇る女人二人がここから二ケ月間にわたって話し合う。

天下のありようが二人の女人に託されたのである。

公武の融和か、それとも公武の対立か、京と鎌倉の力比べか、いずれにしても重大な局面を二人の女人が話し合うことになる。

本朝の歴史でも前代未聞、稀有のことだった。

このことを愚管抄の著者で天台僧の慈円は女人入眼《にょにんじゅがん》と評している。なかなかに含蓄のある表現で興味深い。

この二人の女人の間で極めて重大な密約が成立する。

その三度目の話し合いで、政子はようやく皇子の名を兼子に披露した。

「鎌倉が所望の宮将軍と言われるのは、上皇さまの皇子さまのことでしょうか？」

「願わくば、そのように考えております」

「皇子さまは何人もおられますが？」

「漏れ承りますと、僭越《せんえつ》なる申しようになりますが、西《にし》の御方《おかた》の皇子さまがよろしいかと考えましてございます」

「西の御方？」

「はい、頼仁《よりひと》親王さまにございます」

「おう、冷泉宮《れいぜいのみや》さまじゃな？」

政子が兼子に披露した皇子の名は、坊門信清《ぼうもんのぶきよ》の娘で西の御方という信子姫の姉が、後鳥羽上皇の皇子を二人産んだのだが、その下の皇子のことを言ったのだ。

「宮さまは確か十八歳におなりのはずだが？」

「はい、承知しております」

本来なら幼子を所望なのだが、こういう人選は実に難しいのだ。

そこで政子は坊門家の信子姫の姉の位子姫の産んだ皇子なら、十八歳でもいいのではないかと妥協したのだ。

「そうか、宮さまをお産みになられた西の御方は坊門家であったのう」

「はい、鎌倉の将軍さまの御台さまの姉君と存じ上げております」

「うむ、鎌倉の権大納言さまとは親戚ということですね？」

「はい……」

「お上にはそのように申し上げましょう」

「かたじけなく存じます」

政子は話がまとまるのではないかと思った。

「ところで熊野にまいられると聞いたのだが？」

「はい、先の熊野詣から十年になります」

「そうですか、お上はこのところ、毎年、熊野御幸《ごこう》に出ておられます」

「おうかがいしております」

二人はしばらく熊野の話をした。

兼子は鎌倉のことには触れなかった。当然、院でも朝廷でも宮将軍の鎌倉下向《げこう》は話し合われている。

「宮さまの下向ということになれば、何かと難しいこともありますので、すぐというわけにはまいりませんがよろしいですか？」

「結構でございます」

鎌倉でも十八歳の宮将軍でいいのかという微妙な問題が残る。ただ、冷泉宮が将軍の御台の血筋だというのは強みだ。

坊門家と鎌倉のつながりは深い。

頼仁親王がどんな宮さまかわからないが、政子は後鳥羽上皇よりも二年前に亡くなった、内大臣の坊門信清に似ていてほしいと思う。

この話は最後には後鳥羽上皇の了解が必要になる。

藤原兼子がどのように上皇を説得するかだろうと政子はその日を待った。

このところ政子が心配しているのは、実朝が義経に似てきたのではないかということである。

頼朝は勝手に朝廷へ近づき官位官職をもらった義経を許さなかった。

その義経にも実朝に似た貴族への憧れがあったように思う。源氏の初めは天皇の皇子であり、本来は貴族と言うことができるのだ。

その血が義経にも実朝にも流れていると思うと、政子は実朝が都の雅に引き付けられるのは当然だと思う。

だが、それでは鎌倉政権は困る。

鎌倉の武家政権は雅ではなく、坂東《ばんどう》武者らしく質実剛健をよしとする。贅《ぜい》を慎《つつし》み、土にまみれて領地領民と共に生きるのが武家だ。それが武家社会の根本的な考え方である。

そのための武力でもあった。

それを忘れている実朝は鎌倉政権の将軍には相応しくない。

政子は、四代目将軍に譲って実朝には隠居してもらい、静かな余生を信子姫と過ごした方がいいのではないかと思う。

そうしなければ病弱な実朝は長生きできない。

だが、政子のその考えは、鎌倉政権が北条家のものだ、という考えの言い訳でしかない。源家を葬るために京に四代目将軍を探しにきている。

冷泉宮に決まってもその将軍はもう源家ではない。頼朝の血を引いた源家の将軍を実朝で終わらせるということだ。

政子はそのようにすると覚悟を決めて上洛した。

もし、冷泉宮頼仁親王を後鳥羽上皇が鎌倉の将軍に認めれば、それは鎌倉の政権は執権北条義時のものだと認めたことになる。

北条得宗家が宮将軍を補佐するという大義名分で、鎌倉政権を支配できるということを意味するのだ。

そうなれば宮将軍でも鎌倉は武家政権であり、東国の武家の都として存続できる。

政子はそう甘く考えていた。

後鳥羽上皇という人は政子が考えているほど鎌倉に甘くはない。それがやがてはっきりしてくる。

「時房、院からの返事があり次第、熊野に向かう。支度をな……」

「はい、して姉上、返事のもようはどのように?」

「どうであろう。五分五分であろうか……」

「五分?」

時房は姉の政子にしてはずいぶん弱気だと思うが、この都というところは公家を始めなかなかはっきりしないところだと思う。

おそらく、長い年月をかけて王城の地が混乱しないように、知恵を絞って考えられた生き方なのだろうと思う。

鎌倉の御家人は右するか左するか常に明確だ。

曖昧なことを言ったり振る舞いをしたりすると、卑怯者、小心者、腰抜けなど何を言われるかわからない。

いつでも旗幟鮮明《きしせんめい》に生きることこそ美しい。

武士の本懐とはそういうものだと育てられる。それでも裏切らなければならない時があるから武家はつらい。

時房はそんなことを考えながら五分なら充分に脈があると思う。

その結論が出るまで政子一行はずいぶん待たされた。その間に妹の孫娘と土御門通行の婚姻を決めた。

都というところは暇そうでいながら、あちこちの人と会うのが仕事で忙しい。訪ねてくる者もいれば、政子の方から出かけていくことも少なくない。そんな日が半月も過ぎた頃、後鳥羽上皇が冷泉宮を東下させてもよいと断を下し、その内容が藤原兼子を通して政子に伝達された。

政子はお礼を言上《ごんじょう》するとすぐ熊野に発った。

熊野で身を清めてから、帰りに後鳥羽上皇に拝謁できるよう藤原兼子に願い、許された。

大きな仕事を成し遂げた政子は、朝廷と鎌倉の緊張が緩和されると思う反面、これで実朝が退いて源家の鎌倉が北条の鎌倉になるのだと思う。

それは源家から平家に代わることでもある。

頼朝が倒した平家とは何んだったのか、政子は複雑な気持ちで熊野に向かった。いつの日か、平家の北条もどこかの源氏に滅ぼされるのかと身震いする。

そんな戦いの日が必ず来るように思う。

北条が梶原を倒し比企を倒し、畠山を倒し和田を倒して鎌倉を手に入れたように、五十年後、百年後には北条家が滅亡させられるかもしれない。

政子はそんな怖いことを輿の中で考えていた。輪廻転生《りんねてんしょう》、人の魂は六道《ろくどう》を輪廻するというが、人の世も輪廻するのかもしれないと思う。

二位尼

春の紀州路は行きも帰りも陽光に恵まれた。

政子が京に戻ってくると、いきなり藤原兼子の推挙で従三位《じゅさんみ》の官位が下賜された。

宮将軍の祖母に与えられた地位と考えられる。鎌倉の老尼でしかない政子が三位尼ということになった。

出家後の女人の官位としては異例である。

それだけ朝廷と院が冷泉宮の宮将軍を高く評価しているということだ。もちろん、政子が絶大な権勢を誇る藤原兼子に気に入られたことを意味している。

公家社会とはそういうところであった。

天皇に会うには無位無官では会えないが、院はそういう堅苦しい決まりも無いから尼僧の政子は上皇に会える。

そこを藤原兼子が気を利かして従三位という高位を与えたのだ。

その藤原兼子は十年ほど前に三位から二位に上階した。兼子は父親が刑部卿《ぎょうぶきょう》だったことから卿三位、卿二位と呼ばれていた。

通称は卿局《きょうのつぼね》という。

その兼子のお陰で後鳥羽上皇への拝謁が実現した。

政子が兼子の案内で上皇の前に進んだ。

「鎌倉の三位尼にございます」

「うむ、三位尼、鎌倉の将軍は病弱だそうだが、未だに具合がよくないのか？」

「はッ……」

政子が上皇の足元に平伏している。

「直答《じきとう》が許されます」

兼子が上皇と直接話していいと言う。上皇の声は若々しく、少し甲高《かんだか》い癇癖《かんぺき》の強そうな声だった。

政子は顔を上げて上皇の顔を見てから再び平伏した。

「恐れながら、龍顔《りゅうがん》を拝し奉り、政子の生涯の誉れにございます。勿体《もったい》なくも、鎌倉将軍のご心配まで賜り身の縮む思いにございます。このところ、将軍は気分も優れてお過ごしにございます」

「そうか、朕はこの度の冷泉宮の東下《とうか》のことを聞き満足に思っている」

「恐れ多いお言葉を賜り衷心より感謝申し上げます」

「うむ、三位尼に盃《さかずき》をやろう」

「はい、有り難く頂戴仕ります」

上皇の盃は天皇の天盃《てんぱい》とは違うがほぼそれに等しい酒である。

酒膳が運ばれてくるとまず上皇が盃を持って、女官に任せず兼子がその盃に酒を注《つ》ぎ、飲み干すと、そのお流れが政子の手に回ってきた。

その盃にも兼子が酒を注ぎ小さく微笑んだ。

「大丈夫ですか？」

「はい……」

酒は得意ではないが三度に分けて飲み干すと、上皇から賜った盃を政子は懐紙で包んで懐に入れた。頰が熱くなるのを感じる。

極度に緊張しているところに酒では、匂いだけで卒倒しそうになる。これが上皇との対面の儀式のようなものだ。

後鳥羽上皇は思いのほか上機嫌で、二言三言政子にお言葉があって、女官たちを率いて玉座から消えた。

「お上はいつになく機嫌よくあられました」

「お局さまには何から何までお世話になりました。この御恩は決して忘れません」

「政子殿、宮さまのことをよしなにお願いいたします」

「はい、身命《しんめい》を賭《と》してお守りいたします」

「うん、そなたは他人のような気がしない。わらわの妹のようじゃ……」

「お言葉、決して忘れません」

政子も藤原兼子を姉のように思った。

数年後、政子はこの恩を兼子に返す時が来る。

政子が熊野に行く前の三月六日に、鎌倉の実朝が左近衛大将に昇格していた。朝廷の官打ちがもう止まらない。

大役を果たした政子が疲れきって鎌倉に戻ってきたのは、四月になってからだった。

冷泉宮が四代目将軍に内定していることは発表されない。

このことは政子と藤原兼子の密約という扱いになっている。こういうことはどのように公表するかが難しい。

源家の将軍が宮将軍に代わるという話だから、源家にかかわりのある者たちにとっては極めて面白くない話だ。乱の一つや二つは起きる話でもある。

朝廷や院が鎌倉は北条のものだと認めたとしても、冗談じゃない鎌倉は頼朝さまの源家のものだ。

いつから北条のものなんだ。北条は執権に過ぎないと言い出しかねない。

そんなのが三人、四人と出てくると鎌倉は四分五裂になりかねないのだ。宮将軍の擁立はそんな危ない話でもある。

ましてや政子が上皇とそんな約束をしたことが知れると厄介なことになる。

どこで何が動き出すかわからない。

鎌倉政権が大きな曲がり角にさしかかっていた。

その夜、政子の御所に義時が現れた。

「姉上、ご苦労でした」

「うむ、熊野は遠い。この歳《とし》での熊野詣は難儀だ」

政子がこんな弱音を言うのは珍しいことだ。

「時房に聞きました」

「宮さまのことか？」

「はい、冷泉宮だそうで？」

「十八だ。少し年は食っているが坊門家のお方が産んだ子というから……」

「そうこちらの都合のよい皇子さまがおられるはずもなく、御台さまの姉上がお産みになられた宮さまであればよいのではないかと……」

義時は政子からもらった書状で事情は呑《の》み込んでいた。

「いつこの話を表に出すつもりか？」

「それは少々考えないと迂闊《うかつ》には……」

「こういう話は京から漏れてくるぞ。来年では遅いのではないか？」

「はい、速やかに時期を考えます」

義時は公表する時期が厄介だと思う。将軍実朝の病がちは知れ渡っているが、鎌倉殿であり源家の将軍である。

実朝が生きている間の代替わりは、かなり難しいと考えられる。

まず、実朝がおとなしく隠居するか、万一にも兄頼家の血筋に鎌倉殿を戻したいなどと言い出したら、とんでもなく厄介な事になる。

その可能性が無いとは言えない。

十九歳の公暁は鶴岡八幡宮の別当だが、大男の堂々たる偉丈夫で源家の血なのか恐ろしい顔をしている。

公暁の立場では宮将軍など認められない。

正統な四代目の将軍は、頼家の子である自分だと公暁が主張したらどうするかだ。

確かに、頼朝の正統な血筋は頼家の子である公暁であり、もう一人は公暁の異母弟の禅暁である。

禅暁は出家して京の仁和寺の僧になっていた。

禅暁は亡き栄実と同母兄弟で、二人を産んだ母は一品房昌寛《いっぽんぼうしょうかん》という、頼朝の祐筆《ゆうひつ》をしている僧の娘だった。

可愛い娘で、頼家がその娘に栄実と禅暁の二人の子を産ませた。

厄介なのはその二人の母が、頼家の死後に三浦義村の弟の三浦胤義の正室になって健在なことだ。

その三浦胤義が四代目将軍に禅暁を推挙したい、などと言い出すと、それだけで鎌倉は大騒ぎになりかねない。

そういう事態だけは断じてあってはならないと義時は思う。

鎌倉を完全に自分のものにしたい義時の苦しいところだ。公暁も禅暁も還俗《げんぞく》すれば、鎌倉殿にも将軍にもなれる充分な資格を持っている。

頼朝の孫という血筋だからだ。

この三月三日に八田知家が亡くなって十三人の合議制はついに三人になった。

義時と広元と入道康信《やすのぶ》の三人だけだ。

端からこの十三人の合議制は、権力争奪戦のために二代将軍頼家を取り除くために用意されたものである。

梶原景時一族が滅ぼされた時からこの日は予想されたことだ。

結局、生き残ったのは北条義時だけである。

大江広元と三善《みよし》入道康信は、京の公家から頼朝の家臣になった二人で、武力は持っていない。

この生き残りのために北条得宗家の時政と義時はなんでもした。

その最大の罪は、主家の頼朝が亡くなるとすぐに、鎌倉殿であり征夷大将軍でもある頼家を極悪非道な将軍に仕立て、伊豆の修善寺に幽閉し無惨にも殺害したことである。

この北条家による主家潰しの荒業は、この後、南北朝《なんぼくちょう》から応仁《おうにん》の乱《らん》を経て戦国乱世に常態化する下剋上《げこくじょう》の走りといえる。

また、平家の清盛から源氏の頼朝に移った権力が、平家の北条義時に移り、やがて源氏の足利尊氏《あしかがたかうじ》に移ることによって、源平交替の天下統一という虚説が生まれる。

そこに平家の織田信長が現れ室町政権を倒し、乱世の徒花《あだばな》である秀吉《ひでよし》政権が挟《はさ》まるが、結局は源氏の徳川家康によって、天下泰平の世が招来することになる。

二転三転四転するのだから歴史は不可思議だ。

北条家は源家からほぼ権力は奪ったが、暗殺した頼家の弟の実朝と、頼家の息子の公暁と禅暁が残った。

頼家はうまく始末したが、それ以上に凄まじい殺意が執権義時に生まれ始めていた。

その殺意とはこの源家の三人を一気に始末するという恐ろしい考えだ。政子が宮将軍を決めた以上、この三人を生かしておく理由も意味もない。

この先、必ず北条得宗家の障害になるのは目に見えている。義時は自分が元気なうちに始末するしかないと考えた。

問題はその方法である。

義時の力量を問われる謀略をどう仕掛けるかだ。そのことはこれまでも何度か考えたことだ。

だが、計画もしなければ実行もしないできた。しくじれば、一気に北条家が鎌倉の御家人たちの反発にあって滅びかねないからである。

そんなことを考えながら屋敷に帰ると、時房が待っていた。

「尼御台は？」

「うむ、酒をやるか？」

「久しぶりに兄上の酒を飲むか……」

時房がニヤリと笑った。義時の気持ちを知っていると言わんばかりの不敵な笑いだ。

「それでどうする？」

「なにを？」

「しれたこと……」

「手出しはするな」

「やるなら早い方がいいぞ」

「わかっている」

兄弟二人は言わずもがなで、同じような考えをしている。時房も、もう実朝は鎌倉に必要ないと考えていた。

何を血迷っているのか将軍親政などと口にするようでは放置できない。

船が浮かばず渡宋計画が頓挫してからの実朝は、時々おかしなことを言って義時や広元を慌てさせている。

だが、実質的な権力は何もなく、義時と広元の了解がなければ何もできない。

「いつまでも宮将軍を迎えられないようでは院に聞こえが悪いのでは？」

「うむ……」

酒が運ばれてくると「まず、やれ……」と義時が時房の盃に酌をした。

「策は考えてある」

「うむ、わかった……」

時房は酒が好きだ。義時が策はあると言ったので、うなずいてからグッと盃を干した。

「失敗はできん」

「うむ……」

時房は実朝の殺害を考えていたが、義時は実朝だけでなく公暁も禅暁も一緒に葬る策を考えている。

だが、それを決行するには充分な支度をすることが必要だ。

「尼御台の気持ちは？」

「まだ……」

「納得しないだろうな……」

「それでもやる」

「それでは尼御台と喧嘩《けんか》に？」

「喧嘩してもやる時はやる……」

義時がまた時房の盃に酌をした。義時はあまり酒が得意ではない。

「姉上と喧嘩はしない方がいい」

「わかっている」

だが、実朝殺害に尼御台は同意しないと義時は思う。

おそらく、隠居などと温い処置で済まそうとするだろうが、それが後にどんな結果になるか見える気がする。

こういうことは曖昧にしないで、しっかり処分し始末をつけることが大切だ。禍根を残さないことが何よりも重要である。

どこかに恨みを残すと始末におえなくなる。

そのためには三人をすべて処分してしまう。隠居とか島流しとか誰かに預けるなどという温いことをすると後で祟《たた》るのだ。

義時はやるなら源家の息の根を止めるしかないと考えていた。

主家を滅亡させる。

それは自分のため北条家のためであるが、鎌倉の武家政権のためでもあり、延《ひ》いては御家人たちのためだとも思う。

「わしの指図をまて……」

「わかった」

兄弟二人の酒盛りが夜半近くまで続いた。

人に聞かれてはならない話のため具体的なことは何も話さなかった。それでも何をどう考えているかはわかる。

そこは兄弟の阿吽《あうん》の呼吸だ。

義時の頭の中ではこの計画を実行するには、信頼する三浦義村の協力がいると考えていた。だが、そこで厄介なのが義村の弟の胤義だった。

胤義の正室は自分が産んだ禅暁が殺されると知ったらどう動くかわからない。義時はそこを読み損じることはできないと思う。

「まだ、誰にも話すな？」

「義村も？」

「うむ、胤義のことがある」

「わかった……」

「尼御台に悟られるな」

「うむ……」

当然、この謀略を政子に話すことはできない。

義時は政子の甘い考えをほぼわかっていた。だが、宮将軍を迎え実朝の隠居で収まる話ではないとも思う。

姉の政子がこうあってほしいという話と、おそらくこうなるだろうという話は違う。

もし、実朝が病弱で隠居を受け入れても、公暁が受け入れることはない。公暁は父頼家が殺された時にはまだ六歳だった。

それでも何が起きたかぐらいはわかったはずだ。

公暁は善哉《ぜんざい》と呼ばれていた子どもだが、父は二代将軍頼家で、母は美濃源氏の加茂六郎重長の娘だった。

源氏の血を色濃く受け継いでいたのが善哉で、頼家の弟の貞暁《じようぎよう》の弟子になり、園城寺《おんじようじ》こと三井寺で修行した。出家して殺されることはなかった。

その善哉が公暁となって政子に呼ばれ、鎌倉に来て鶴岡八幡宮の別当になった。

この時、公暁は父頼家の死の真相を聞かされて、相当に詳しく知っていたつもりだが、それは事実とはかなり違っていた。

頼家を殺したのは実朝と義時だと聞いたのである。

だが、頼家が伊豆の修善寺で殺された時、実朝はまだ十二歳で暗殺計画に関与できる年齢ではなかった。

鎌倉殿であり将軍でありながら、幽閉されて殺された父の無念さがわかる。

その公暁の悔しさは、成長するにつれて、実朝と義時を殺したいという殺意を育てたことは間違いない。

そこまで知っているのかいないのか、兎に角、政子の甘さがこの事態を招いた。

だが、頼家が死んだ時にその子たちまで殺す、というのはできない相談だったことも事実だ。

義時は政子が公暁をどう思っているのかを考えている。

どうも、鶴岡八幡宮の別当におさまると、甘く考えている節があるように見ていた。義時は公暁をそんな男ではないと思っている。

十九歳にもなればその意思が顔に出てくるものだ。公暁と会うと殺気すら感じる。

義時は考えに考えて三人を葬る決心を固めていった。

夏が過ぎ、十月九日になって実朝が内大臣に昇進した。

朝廷は宮将軍を迎えることになる鎌倉に対して、強烈に官位を打ち込んで親王を迎えるに相応しい体裁を整えなければならない。

なんといって冷泉宮は後鳥羽上皇の皇子なのだから粗略にはできない。同月、政子が従二位に上階し二位尼になった。

この時、実朝が宮将軍のことをどこまで知っていたか、政子からそれなりの話を聞いていたか、信子姫を通して都からも何んらかの知らせがあったと思われる。

阿闍梨《あじやり》という男

朝廷と鎌倉の虚々実々のかけ引きが行われている。

実朝を内大臣に昇格させて鎌倉がどう動くか見ていた。冷泉宮が東下して万一にも何者かに傷つけられたりしたらとんでもないことになる。

そこは義時の責任だ。

その義時の謀略はほぼ固まっていた。

公暁の殺意を利用して実朝を殺させ、その罪を咎めて公暁を処刑する。その公暁に禅暁が加担したとして誅殺、処分して三人を一度に始末するという作戦だ。

問題はいつ決行するかだが、それは実朝が鶴岡八幡宮を参拝する時がいいと思う。具体的にどうするかも義時の頭の中にあった。

義時は将軍実朝が間違いなく鶴岡八幡宮に参拝するのは正月だと考えている。

病にでもならない限り、新年には鶴岡八幡宮に参拝している。

その後に二所詣に出るのがこのところの恒例だ。

義時はそこに狙いを定めた。

いつ動くかだが今ではない。あまり早く仕掛けると策が漏れる危険がある。こういうことは短期決戦、誰にも漏らさず終わらせてしまう。

この策の仕掛け人が誰だかわからない上策である。

それを狙う。

そうはいってもどこからか漏れるのが常だ。義時はまだ動かない。鎌倉は平穏無事で何事もなしだ。

秋も深まり、冬になって建保六年も押し詰まった十二月二日に、将軍実朝が右大臣に昇進した。何んとも凄まじい朝廷と院の猛攻、官打ちである。

この年だけで一月に権大納言、三月に左近衛大将、十月に内大臣、そして十二月に右大臣だという。異常事態だ。

院の後鳥羽上皇が執権義時にどうすると聞いているようだ。

冷泉宮を迎えるのにお前は何をするつもりだ。そう上皇が執権に聞いてきている。それを義時はわかっていた。

そしてついに動いた。

その夜、弟の時房の屋敷にひょっこりと義時が現れた。

「やるのか兄上?」

「やる!」

「わかった。それで尼御台は?」

「うむ、海に行かぬか?」

「海?」

「由比ガ浜だ。まだ雪は降っておらぬ」

「うむ、浜には誰もいないな……」

時房は義時が重要な話を誰にも聞かれまいと警戒しているのだとわかった。

「焚火《たきび》の支度をさせる」

「うむ……」

時房は立っていくと配下の郎党に、由比ガ浜に大急ぎで焚火を支度するよう命じ、馬を出すようにも命じた。

時房の配下が薪《まき》を満載にした荷車を引いて浜に向かうと、義時と時房も腰を上げて大玄関で馬に乗った。

「兄上、こう寒いと雪になるぞ！」

「そうだな」

義時が真っ暗な空を見上げた。浜に出ても寒い北風が吹いているだけで、海には灯りがただの一つも浮かんでいない。

焚火は半町（約五四・五メートル）ほど離れて二ケ所に燃えた。

一ケ所には義時と時房、もう一ケ所には数人の郎党たちが火を囲んでいる。

「時房、将軍は公暁に殺《や》らせる」

「公暁に？」

「うむ、義村に説得させろ……」

「わかった。執権の許しが出ていると言ってもいいか？」

「将軍にすると言え……」

「よし！」

「その公暁を討つのは誰がいいか？」

「公暁を殺すのか？」

「当然だ。公暁を将軍にする気はない」

「わかった。二人を殺すのだな？」

時房が義時の恐ろしい策略を理解した。二人一緒に殺してしまう。

「胤義のことは？」

「そのことには触れるな。禅暁のことは後のことだ」

「承知した。それでやるのはいつ？」

「正月、八幡宮参拝の日だ。右大臣として参拝する」

「鶴岡八幡宮だな？」

「そうだ……」

「よし！」

二人は焚火で体を温めながら話し合った。

「尼御台にはなんと？」

「この計画は知らせないことにする」

「兄者！」

「時房、言えば反対するだろう。尼御台は将軍の隠居ぐらいでと甘く考えている。それでは宮将軍は迎えられない。公暁や御家人が騒いだらこの宮将軍の話は潰れる。院はそのあたりを見ているのだろう」

「そうか……」

「義村を頼む……」

「うむ、承知した」

二人が話しているうちにちらちらと粉のような雪が落ちてきた。

「今年は雪が降りそうだ」

「滅法《めっぽう》、寒くなってきた」

「義村と話す時に、人に聞かれないよう気をつけろ……」

「うむ……」

「参拝の日にちが決まったらすぐ知らせる」

一刻ほど話し合うと、二人は馬に乗ってそれぞれの屋敷に戻った。時房は緊張していた。将軍を公暁に殺させ、その公暁も始末するとは兄らしい考えだと思う。時房はそこまでは考えていなかった。

禅暁をどうするかは言わなかった。

それは三浦一族を配慮してだろうと時房は思う。だが、義時はその禅暁も殺すと決めていた。

ここで源家を根絶やしにしない限り、北条得宗家は安心できないのだ。

年が明ける前に鶴岡八幡宮の右大臣拝賀の日は正月二十七日夕刻と決まった。

その翌日に例年のように実朝が二所詣に出る。

建保七年（一二一九）の年が明けるとすぐ時房が三浦義村の屋敷に現れた。

二人は年が明けたら二人だけで江《え》の島《しま》弁財天に参拝する約束をしていた。義村は時房の誘いに何かあると感じていた。

郎党《ろうとう》は馬を世話する二人だけで、四人が江の島に向かった。

今にも雪が降りそうな重い雲が山から海に広がっている。四人は蓑《みの》を着て雪の装備をしていた。

江の島は、三年前の建保三年九月の大地震で陸続きになり、歩いて島に渡れるようになっている。地震の力とは凄いもので、岩石の江の島を何尺も持ち上げたのだ。

時房と義村はそんな話をしながら島に渡り、二人の郎党を海岸の漁民家に残して、一晩山の上の与願寺《よがんじ》に泊まることにして登っていった。

「執権殿の話か？」

「うむ……」

石段を上りながら義村は気になっていることを聞いた。

「将軍交代のことではないのか？」

「うむ……」

「次は誰だ。まさか公暁ではなかろう？」

「うむ、宮さまだ」

「そうか、やはり噂は本当だったのか、それで？」

「冷泉宮……」

「冷泉？」

「院の皇子だ……」

「ほう、あの院が承知したのか？」

「した……」

二人はしばらく沈黙して急な石段を登っていった。鎌倉にとって重大なことだ。

義村は実朝を殺すのかと考えた。

それぐらい重要な話でなければこんなところに二人だけで来るはずがない。実朝暗殺が義村の脳裏を駆け回った。

与願寺に着くとすぐ、寒かったでしょうと湯を馳走《ちそう》になった。夕餉《ゆうげ》には般若湯《はんにゃとう》という酒まで出てきた。寺の者は気を利《き》かして誰も近づかなくなった。

「執権殿はなんと?」

「将軍を恨んでいる公暁に殺させる」

「やはりそうか、それでわしに公暁を説得しろと?」

「うむ……」

「尼御台さまは?」

「何も知らない」

「いいのか?」

「知れば反対される。それでは困るのだ」

時房と義村がチビチビと貧乏たらしく酒をなめる。あれこれと二人の頭は猛烈に回転していた。

「公暁も殺すのか?」

「そうなる」

「決行は?」

「正月二十七日、右大臣拝賀の日……」

「将軍の太刀を持つのは執権殿だな?」

「うむ……」

将軍が八幡宮を参拝する時は執権の義時が後ろに従い将軍の太刀を持つのだ。

「公暁に次の将軍だと言ってもいい……」

「わかった」

義村は義時の謀略をすべて理解した。公暁に実朝を暗殺させて、その公暁も始末してしまおうということだ。

「あの大男を殺すのは厄介だ……」

「誰かいないか？」

「いないこともない……」

義村は何人か心当たりがある。

公暁一人では無理だろうから何人まで仲間を認めるか、実朝を殺した公暁をどう扱うかなど細かいことまで話し合った。二人が寝についた時は夜半を回っていた。

仮眠を取っただけで二人はまだ暗いうちに山を下りた。

雪はまだ降っていなかった。

将軍実朝と公暁を殺す矢は放たれた。後は的を射貫くだけだ。義村は義時の謀略に同意した。

秘密を知った以上、同意しなければ殺される。

執権のことだから、三浦一族が将軍暗殺、謀反《むほん》を企てたといって強引に滅ぼしにかかるだろう。

だが、そこは義時と義村の仲で信頼し合っている。

鎌倉に戻ってきた三浦義村が鶴岡八幡宮の別当、公暁に会いにいったのはその翌日の夜だった。

「別当の阿闍梨《あじゃり》さまはおられるか？」

「はい……」

若い神職が丁寧に頭を下げて返事をした。

「三浦義村でござる。阿闍梨さまにお取り次ぎ願いたいが？」

「畏まりました。少々お待ちを……」

神職は奥に消えたがすぐ戻ってきた。

「どうぞ、奥でお会いになられます」

「うむ、かたじけない」

義村は神職に案内されて奥に通ったが、公暁は両脇に巫女《みこ》を座らせて酒を飲んでいた。

「おう、三浦、座れ！」

驚いて巫女を見ている義村に公暁が横柄に声をかけた。

「一献やれ！」

「はッ、有り難く頂戴いたします」

公暁から盃を受け取ると巫女が酒を注いだ。それを一気に飲み干して盃を公暁に返す。

「なに用だ？」

「夜分に押しかけまして恐縮にございます。阿闍梨さまを拙宅にお招きいたしたく参上仕りました」

「これからか？」

「はい……」

義村はこのようなところで話せることではないと思う。巫女を気にしている義村を見て公暁は何んだろうと思う。屋敷に連れていって殺すつもりか、それならそれでおもしろいではないかと思った。

この正月で二十歳になった大男の公暁は、長刀《なぎなた》を持たせると二十人や三十人は斬り伏せそうだ。戦うだけの武芸の心得もある。

「いいだろう。隣から刀を持ってこい！」

「はい！」

巫女が立っていくとすぐ公暁の太刀を捧《ささ》げて持ってくる。それをむんずとつかんで公暁が立ち上がった。大きい。頭が長押《なげし》にぶつかるほど大きい。六尺（約一八〇センチ）は越えている。

義村は部屋の中で見ると仁王《におう》だと思った。

「三浦、馬か？」

「はい……」

公暁の後ろを歩く義村はその肩までもない。

体も大きいが、公暁はその形相も尋常ではなかった。眉太く、大きな目は目じりが切れ上がり、大きな鼻が顔の真ん中で胡坐《あぐら》をかいている。

口も大きく野太い声は人を威圧した。

見るからに恐ろしげな男だ。

鎌倉に呼んでおきながら政子は会いたがらなかった。それはこの恐ろしさにある。源氏にはこの鬼のような血も混ざっている。

公暁の父親の頼家も公暁ほどではなかったが大柄だった。

義村は公暁を馬に乗せてその轡《くつわ》を取って歩き出した。星もない闇が海の方に広がり北からの寒風が吹いていた。

「寒くはございませんか？」

「寒い！」

「蓑《みの》を？」

「いらん、そんなものを着て戦えるか！」

「阿闍梨さま、そのようなことは考えておりませんので……」

「そうか……」

義村の馬は結構いい馬なのだが公暁が乗るとまったく小さい。もっと馬体の大きな馬でないと走れそうにないと思う。

漆黒の闇の中を松明《たいまつ》も焚《た》かずにひづめの音だけが響いた。すると若宮大路に松明が三つ飛び出してきた。

その松明がバタバタと走ってくる。公暁が太刀の柄《つか》を握った。

「迎えの者にございます」

「家来か？」

「はい……」

走ってきたのは五人だった。

「遅くなりました！」

「ご苦労……」

松明を持っていない家来が義村から馬の轡を変わった。松明が二つ並んで闇を焦がしなら先頭で案内する。松明の一つが後ろに回った。

義村は公暁の傍についている。

火があるだけで暖かくなったように思う。

三浦屋敷の門前にも松明が燃えて一行を迎えていた。公暁は馬上でどんな話なのかあれこれ考えている。

屋敷の大玄関には何人も人が出ていた。

だが、部屋に入ると家人はみな消えて義村と二人だけだ。酒膳が用意されている。大きな体が、座って太刀を身近に引き付けて警戒を解かない。

いざとなれば大暴れする構えだ。

「冷えた体にはこれが何よりにございます。毒見をさせていただきます」

義村は酒に毒は入っていないと言う。

公暁は大きな盃を取って義村に酌をさせると一気に飲み干した。実は義村の妻は公暁こと善哉の乳母だった。そんなことから公暁は義村を信じている。

「話とは何んだ？」

「はい、大きな声では申し上げられませんが、謀反にございます」

「謀反？」

「はい、はっきり申し上げます。阿闍梨さまを将軍にお迎えする謀反にございます」

「将軍にか？」

「はい、将軍実朝さまの都かぶれには、鎌倉の御家人はみな困っております。その上、昨年は大納言、内大臣、右大臣と朝廷の位打ちが止まりません」

「それは聞いている」

「今年は左大臣かと思われます」

「それで、謀反か？」

「鎌倉は武家の都にございます。阿闍梨さまはこの武家の都を護っていただけましょうか？」

「護れなければ殺す？」

「はい、鎌倉を朝廷に売り渡すようであれば、御家人が総がかりでも死んでいただきます」

「おもしろい。それで執権の考えは?」

「その前に、鎌倉をお護りいただけますか?」

義村は謀反の目的を念押しした。ここが重要なところだ。公暁に信じ込ませる必要があった。

「うむ、いいだろう……」

「間違いなく……」

「くどいぞ!」

「確かに承りました。阿闍梨さまを将軍にと申されましたのは執権殿にございます」

「まことか?」

「はい……」

「義時は父の仇《かたき》だぞ?」

「そのことは忘れていただきます。将軍になる交換条件です。いかがか?」

「三浦、そなたにわしの恨みがわかるか?」

「わかりません。それを申されますと謀反は頓挫いたします。なにとぞ、その怒りを執権殿ではなく将軍に……」

「殺せというのだな？」

「恐れながら、正月二十七日に……」

「二十七とは、右大臣拝賀の日だな？」

「はい……」

公暁が引き付けていた太刀をいきなり抜いた。

「三浦ッ！」

「はい！」

公暁の刀の切っ先が義村の首を押さえた。恐ろしい顔でにらんでいる。冷たく冷え切った刃だ。

「この刀に誓って謀反に嘘はないな？」

「はい、ございません……」

「よし、ならば執権の罪は忘れてやる」

そう言うと刀を引いて鞘《さや》に戻した。公暁はこの何年も鬱々《うつうつ》と過ごしてきた。八幡宮に閉じ込められて、一生を終わるのかと考えると気が狂いそうになる。

だが、逃げ出せば追っ手に殺されるだろう。

公暁は憂さを晴らすため酒と女に逃げていた。そんな時に飛び込んできた義村の謀反の誘いだ。心底おもしろいと思った。

将軍にすると言う。それに義時が了解しているとも言うのは愉快だ。

執権北条義時は油断のならぬ男だが、もし罠だとしてもこの謀反は実におもしろい。いざとなれば義時の首を刎《は》ねてやる。

生涯、神社や寺に閉じ込められるぐらいなら大暴れをしてみたい。

公暁は義時を信じたわけではないが、ここで不運な境涯を跳ね除けてみようと考えた。それが無分別だとは思わない。

「どこでやるかは任せるか？」

「はい、結構でございます。本懐を遂げました後はここへおいで下さるよう……」

「わかった」

公暁は太刀を握ると立った。

「送らせますが？」

「いや、無用だ」

言い捨てると、公暁は一人で鶴岡八幡宮に向かった。いきなりおもしろいことになってきたと思う。

二十七日までは間もなくだ。

闇の中に人の気配がないか警戒しながら歩いた。

実朝《さねとも》の首

公暁は実朝暗殺のため、出世を約束して仲間を四人誘った。

年が明けた建保七年正月二十七日に、正二位右大臣左近衛大将左馬寮御監《さまりょうごげん》征夷大将軍源実朝が衣冠束帯の正装に身を包み、右大臣拝賀の儀式が鶴岡八幡宮で行われた。

供奉《ぐぶ》する随兵一千騎を従えての盛大な早春の儀式だった。

その日は前日から深々と雪が降り、鶴岡八幡宮は珍しくも二尺（約六〇センチ）ほどの雪に埋もれた。

そんな雪の中、将軍実朝は正月の右大臣拝賀のため、酉《とり》の刻《こく》頃に大倉御所を出て鶴岡八幡宮に参拝した。

真っ白な大雪も掃き清められている。

夜になってからの参拝を終わって静々と実朝が石段を下りてきた。公家や武家の並ぶ前にさしかかると実朝が会釈する。そこに突然、兜巾《ときん》をつけた山伏姿の公暁が抜刀して飛び出し実朝の衣を踏んだ。

「あッ……」

前のめりになった実朝の首に斬《き》りつけた。つんのめって転んだ実朝に跨《またが》り「親の仇ッ！」と叫んで襲いかかり、あっという間に実朝の首に刀を振り下ろす。パッと鮮血が雪の上に飛び散った。

人々が突然のことに驚き騒ぐと、公暁の仲間と思《おぼ》しき山伏姿の三、四人が「邪魔だッ、どけッ！」と叫んで人々を追い散らした。

抜刀した太刀を振り上げて威嚇している。

実朝の太刀を捧げている源仲章《なかあきら》を、執権義時だと勘違いして、左首筋から胸、右胴に向かって袈裟《けさ》に斬り伏せた。

その仲章は声も上げずに、実朝の太刀を握ったまま雪道に倒れ込んだ。

「われこそは八幡宮別当阿闍梨公暁なるぞッ、父の仇を討ち取ったりッ！」と、石段に駆け上って大声で叫んだ。

その仁王立ちの公暁は、まだ血の滴《したた》る実朝の首を闇に突き上げた。近くにいる人にはよく見える恐ろしい光景だった。少し離れた随兵《ずいひょう》たちには何が起きたかわからなかった。

あちこちに松明が燃え篝火《かがりび》が赤々と焚かれている。

その火に照らされて恐ろしい公暁の顔だ。

「ワーッ！」

逃げ惑う公家と武家たちをにらみ据えると、境内《けいだい》に突入してきた武士団を尻目に公暁はサッと姿を消した。

一千騎の武士団のほとんどは、騒ぎが起きたようだと思う程度だった。鳥居の外には多くの野次馬が集まっている。

事件が起きたのは儀式が終わった戌《いぬ》の刻《こく》（午後七時〜九時）ごろだった。あっという間の出来事で、誰もが呆然《ぼうぜん》として動けない。

「なにがあった！」

「騒ぎだな？」

「誰か斬られたのか？」

「そうみたいだな。誰か知らないか？」

事情が呑み込めず右往左往するばかりだ。

その頃、公暁は抜き身の刀を担ぎ、実朝の首をブラブラと持って、普段住まっている雪ノ下北谷の備中阿闍梨《びっちゅう》の屋敷に戻ってきた。味方の四人は斬られたようで誰も戻ってこない。

「四人ともやられたか……」

公暁は四人の生死を気にしたが、兎に角、腹が空いて飯を食わないことにはどうにもならない。格別に疲れてはいなかった。

飯と酒を所望して飲み食いする間も、時々、実朝の首を見て、髪をつかんで傍から離さなかった。

その公暁は乳母の夫である三浦義村に使いを走らせ、「われは今こそ東国の大将軍であるからその準備をせよ！」と伝えた。

義村は「すぐ迎えの使者を送ります」と返事をし、すぐ使いを出してこのことを執権義時に知らせた。

この時、義時は警戒して御所の隣の大倉屋敷ではなく、小町大路《こまちおおじ》の息子の泰時の屋敷にいて知らせを待っていた。義時が頼朝から最初に屋敷を与えられたのが、この小町大路屋敷だった。

それを泰時に譲ったのだ。

実朝暗殺の成功を知った義時は、大勢の家臣に守られ大倉屋敷に戻ると、躊躇《ちゅうちょ》することなく大倉御所から政所別当の広元を呼び評議を開いて、公暁を誅殺すると決めて義村に討手を命じる。

広元は八幡宮で起きた事件を見て、御所に戻ってきていた。

こういう時はなにが起きるかわからない最も危険な時である。事件の黒幕が義時だとは時房と義村しか知らなかった。

すべて予定通りで義時の動きは早かった。

この時、義村は勇猛な公暁を討ち取るべく、かねてから申し付けておいた豪傑長尾定景《ながおさだかげ》を差し向けた。後の上杉謙信《うえすぎけんしん》の祖先である。

公暁はいつまで待っても迎えが来ないので、実朝の首を下げ、一人で雪の中を雪ノ下車大路《くるまおおじ》の三浦屋敷に向かった。

その途中で討手に遭遇したが、それを斬り散らして義村屋敷の塀まで来ると、その塀を乗り越えようとしたが、そこで長尾定景と出会った。

「阿闍梨さま、その塀を越えてはなりません！」

「誰だ！」

「長尾定景にございます。阿闍梨さまの御首を頂戴仕りまする！」

「なにッ！」

「尋常に願いまする……」

定景はゆっくり腰の太刀を抜きながら公暁に近づいていった。

塀に取りついていた公暁が飛び下りると、傍の雪をつかんで口に入れ、手を濡《ぬ》らすように揉《も》んでから太刀を抜いた。

「うぬを差し向けたのは義村だな？」

「はい……」

「それは義時の命令か？」

「はい、阿闍梨さまにはお静かに西方浄土《さいほうじようど》へ行っていただきます……」

「いいだろう。わしを倒せるかな？」

山伏姿の公暁が不敵に笑った。

「お覚悟召され……」

二人が雪道で対峙《たいじ》した。

定景の家臣たちが松明を挙げて遠巻きに見ている。

公暁は定景の動きを封じるため二尺の雪の中に誘った。大男の公暁の方が雪の深みの中では有利だ。

それに躊躇せず定景が応じた。

「死ねッ！」

公暁が脚で雪を蹴飛ばして定景を惑わしながら、太刀を上段から振り下ろした。それを左に弾くとグイッと公暁との間合いを詰めた。

慌てた公暁が二歩三歩と下がった。構わず定景が雪を蹴って間合いを詰める。戦場で戦ってきた定景の気迫が公暁を圧倒する。

「寄るなッ！」

「阿闍梨さま、お覚悟ッ！」

「死にたくない！」

「本懐を遂げられましたからには、この世に未練なく……」

「まだ義時を殺していない！」

「それは無理な願いにございます」

「おのれッ、わしは源氏の総大将なるぞッ！」

唸りを生じて公暁の刀が定景の顔の前を走った。

「ご免ッ！」

その刃の下をくぐるように定景が突進、体ごと公暁にぶつかっていった。定景の刀が公暁の腹を突き抜け、切っ先が五寸（約一五センチ）ほど背中に飛び出していた。捨て身の戦場の戦い方だ。

ポタポタと血が戦いの足跡を染めている。山伏の白装束が実朝の返り血と、定景に刺された血が滲《にじ》んできて血だらけだ。

「お静かにご生害を願います……」

「おのれが……」

公暁が刀を杖に大きな体を支え立っていたが、定景が刀を抜いて公暁から離れると、口からゲホッと大量の血を吐き、膝からガクッと崩れた。

「ご介錯《かいしゃく》を！」

「む、無用だ……」

「最期のお言葉を！」

顔を上げた公暁が定景を見て微《かす》かに微笑《ほほえ》み首を振った。そのまま雪の中にドッと倒れた。二十歳だった。

「阿闍梨さま……」

長尾定景は泣いていた。何んと不幸な源氏の御大将であろうか。何事もなければこの人が三代目将軍だったと思う。

ここに頼朝の正嫡、源家の正統が絶えた。

結局、哀れだが頼朝の源家は三人の将軍で滅んだのである。この時、頼朝の血筋で生きているのは貞暁と禅暁の二人だけになった。鞠子は女だ。

この暗殺こそが鎌倉政権の正体であり真の姿である。源家は狡猾《こうかつ》な東国御家人に利用されただけと言えるだろう。

土地に根付いた在地の御家人は、頼朝が考えた以上にしたたかで狡《ずる》く、自分たちの利益を守るためには、主家でも平気で滅ぼす何んでもありの武力集団だったのだ。それを率いていたのが義時である。

その執権北条義時の大倉屋敷で公暁の首実検が行われた。その首は塵《ちり》くずのように捨てられた。首も遺骸も供養されることはなかった。

将軍実朝の首が行方不明になったが、後日、雪の下からその首が発見された。

ちなみに公暁の墓は現存しない。

ここで鎌倉政権は事実上、源家から平家の北条家に移った。

また、公暁の隠れ銀杏《いちょう》として伝説になった鶴岡八幡宮の大銀杏の樹は、平成《へいせい》二十二年（二〇一〇）三月十日四時四十分、轟音《ごうおん》と共に強風のため根元から倒壊してこの世から消えた。七百九十一年前の源家滅亡の大事件を見た生き証人である。

この事件の日、実朝の太刀持ちは義時の予定だったが、体調不良という理由で源仲章と交替し自宅に戻った。

そのため仲章が実朝と一緒に死んで義時が生き延びている。

この事件を仕掛けたのは将軍親政を嫌う義時と、京の雅に極端に傾くことを嫌う三浦義村ら鎌倉御家人の共謀であり、公暁の野心を利用したものだった。

この実朝暗殺事件の背景は、朝廷や院も絡んで複雑である。

二十八歳になった将軍実朝が、自ら政治を行う将軍親政の方向に傾きつつあったことが、執権義時の逆鱗に触れたともいえる。

もし、将軍が自ら政治を行うようになれば、執権などは権力を失い有名無実になってしまう。それだけは許されない。

それに将軍親政では具合のよくない者たちが、義時や義村を中心に鎌倉幕府の権力を握っている御家人たちである。

元来、鎌倉政権は源家のものではなく、東国の御家人たちは自分たちが支え、作り上げてきたと考えている。そんな危うさが最初からあった。

そこで頼朝が不思議な死に方をした。

将軍といえども、源家が大きな所領を持っているわけでもなく、大軍を擁しているわけでもない。

頼朝が東国の御家人たちの力を借りて作り上げたのが鎌倉幕府である。いうなれば御家人たちの土地という利益を、頼朝が守ってくれるから大将にしてきただけなのだ。

一方の都には後白河法皇や後鳥羽上皇がいて、鎌倉幕府に隙あらば、転覆させて政権を朝廷に取り戻そうと考えていた。

この事件の前年から、子のいない将軍実朝の後継者として、後鳥羽上皇は親王の一人を将軍として鎌倉に下向させる検討をし、尼御台の政子が上洛してそんな話が本格的になって密約となった。

突然、実朝の死を聞いた政子は仰天する。

それも暗殺犯が公暁だと聞いて、その場にへたり込んで起き上がれなくなった。侍女たちがみんなで自室に運んでいく騒ぎだ。

「義時を、執権を呼んでおくれ、すぐだ！」

政子の命令で侍女たちが動き出した。そこに実朝夫人の信子姫が飛び込んできた。

「御台……」

「尼御台さま！」

信子姫が政子の膝に崩れて泣いた。

いつまで経っても義時が現れない。まだ事件が進行中だとわかる。刻々と事態の進行が政子に伝わってきた。

こういう時は待つしかない。

政子は信子姫を抱きしめて推移を見守るしかない。そこに時房が現われた。

「時房、事件は誠か？」

「はい、将軍さまはお亡くなりにございます。阿闍梨も討ち取られました」

「どうしてこんなことに？」

怒った顔の政子だがもうどうすることもできない。泣き顔の信子姫が顔を上げて時房を見ていた。

「公暁は父の仇と叫びました」

「頼家の？」

「はい、太刀持ちの源仲章も討たれました。兄上は体調がよくないため、太刀持ちを仲章と交替して屋敷に戻っておりましたので、運良く難を逃れました」

「そうか……」

「京にいる時から恨みを育てていたものと思われます」

時房は公暁を鎌倉に呼んだ政子が悪いと言わんばかりの口調だ。それを政子がにらんだ。

「わらわが見損じたと……」

「そうは申しておりません。危なく執権も討たれるところだったということです。恨みは恐ろしいと……」

「二人とも死んだ……」

その頃、実朝の首が見つからず血の跡をたどって大騒ぎで探していた。二尺も雪があるとなかなか見つかるものではない。

「一段落したら兄上が来るでしょうから……」

「うむ……」

落ち込んでしまって、まったく元気のない政子だ。

息子と孫を同時に亡くしたのだから当然である。この暗殺事件が義時の仕掛けだとはさすがの政子も思っていない。

公暁が恨みを育てていたといえば、そういうこともあるだろうと思う。

政子は自分も恨まれていたのではと今さら考えてみた。あの公暁の眼は憎しみの目だったと思い当たる。

そこに恐怖の顔の鞠子がのそっと現れた。

「お婆さま、兄上が……」

そう言うと、わっと泣いて政子と信子姫に抱きついた。

「心配ない。心配ないのだから……」

政子も泣きたくなった。父を殺された公暁の悔しい気持ちを政子はわかる。だが、幼かった実朝は頼家の死には何んのかかわりもない。

公暁を鎌倉に呼ぶんじゃなかったと後悔してももう遅い。政子が想像だにしない形でことは終わってしまった。

翌日の夜、義時が政子の前に現れた。

「終わったのか?」

「はい、すべて……」

「そうか……」

「驚かれたことと思います。それがしも危ないところでした」

「うむ……」

「朝廷と院に右大臣の死をお伝えし、予定通り冷泉宮さまの下向を進めたいと思います」

「うむ……」

「こういう時は遅滞なくすることが大切ですから……」

「そうじゃな……」

政子は日に日に意気消沈で元気が出ない。信子姫と鞠子がめそめそと泣くものだから、慰めているうちに自分も落ち込んでいくのだ。

執権北条義時は、名実ともに鎌倉政権の完全な支配者になった。

政子との話が済むとすぐ、広元と入道康信の二人と相談して、都に正式な使いを出すことにした。

右大臣実朝の死を伝え、冷泉宮を鎌倉に下向させて欲しいという願いの使者だ。選ばれたのは二階堂行光だった。この頃は、六条宮《ろくじょうのみや》（雅成《まさなり》親王）も将軍候補に挙がっていた。

事件の後始末があって、その使者が鎌倉を発ったのは二月に入ってすぐであった。ところがその頃、駿河の阿野《あの》で事件が起きた。

将軍実朝が亡くなると、義経の兄で今若丸こと阿野全成《ぜんじょう》の息子阿野時元《ときもと》が、四代将軍の座を望んで兵を集め出したのである。

将軍になりたいという。

阿野全成は、頼家の命令で八田知家に下野で誅殺されている。その全成の子が駿河に生き残っていた。

時元の母は政子の妹の阿波局といわれている。

何んとも厄介な話だ。血筋からすれば阿野全成は頼朝の弟だから、時元に将軍になる資格があるかといえばある。

だが、そんなことを認めれば、あちこちから名乗りを上げて収拾がつかなくなるだろう。

認めるわけにはいかない。

二月十一日に時元が挙兵すると、義時は鎌倉から金窪行親《かなくぼゆきちか》とその手勢を向かわせた。時元は挙兵しても思うように兵が集まらなかった。

結局、金窪軍と戦ったが兵が少なく勝ち目がないまま自害した。こういう謀反《むほん》の芽は早いうちに摘《つ》まなければならない。

この年は例年より多く雪は降ったのだが、西の方が旱魃《かんばつ》に見舞われて、朝廷は四月に改元を行った。

旱魃による改元ということで、建保七年四月十二日が承久《じようきゆう》元年四月十二日となった。旱魃が起きると水不足で作物が育たず飢饉《ききん》になってしまう。

朝廷はそれを恐れていた。

鎌倉は将軍不在のままである。執権の義時がいるから将軍がいなくても困らないが、新将軍を迎えないことには体裁が悪い。

何度か冷泉宮の東下を催促したが返事がない。

すると後鳥羽上皇は、将軍が暗殺されるような鎌倉に、冷泉宮を下向させることはできないと突然拒否してきた。

上皇は実朝の死を喜んだと伝わる。

端から上皇が冷泉宮の下向に本気だったか疑問だったのだ。

政子は上皇の宮将軍の拒否に驚いた。だが、将軍が暗殺されるような鎌倉と言われると確かにそうなのだ。

ところが上皇はこの宮将軍の鎌倉下向に絡ませて、自分が寵愛《ちようあい》する寵姫《ちようき》亀菊《かめぎく》の所領の地頭を廃止して欲しいと内々に取り引きしてきた。

将軍不在で困っている鎌倉政権の足元を見透かしての要求である。

執権北条義時は後鳥羽上皇を警戒し始めた。京で何が起きているのかを早くつかまないと後手を踏んでしまう。

そこで義時は妻の兄で義兄の伊賀光季《いがみつすえ》と、娘婿の広元の嫡男、大江親広《ちかひろ》を京都守護として至急上洛させた。ここで義時は後鳥羽上皇から目を離せなくなった。

あらゆる謀略や罠を使い有力御家人を潰し、鎌倉政権を手に入れた義時の前に、後鳥羽上皇という一筋縄ではいかない存在が姿を現した。

これまでも警戒はしてきた。

迂闊《うかつ》なことをすれば朝敵にされかねないからだ。

朝廷を相手に戦うことはできないのがこの国の決まりだ。天皇や上皇に刃《やいば》を向ける御家人などいない。

この国に生きる以上、天皇や上皇に刃を向けて朝敵になることだけは、何があってもしてはならないことで、その掟《おきて》によって千年を超える皇統が守られてきた。

義時はこれまでにない危険な局面になったことを自覚していた。ことと次第では鎌倉政権と北条一族が滅ぶかもしれない。

禅暁《ぜんぎょう》の死

全国に配置された地頭は鎌倉の全国土地支配の根本であり、たとえ上皇の希望であってもそれは認められないことだ。蟻《あり》の一穴《いっけつ》で一か所に穴が開くと、次々と朝廷の要求が膨《ふく》らんで、鎌倉の全国支配が瓦解《がかい》しかねない。

後鳥羽上皇の狙いは見え見えだった。鎌倉政権の崩壊を狙っている。

朝廷との交渉に行き詰まった執権北条義時は、弟の時房に千騎を率いさせて上洛させると、朝廷に武力をちらつかせながら交渉に当たらせた。

だが、朝廷も甘くは考えていなかった。両者の交渉は互いに強硬で、落としどころが見つからず不調に終わる。

上皇にしてみれば、親王を鎌倉に下向させれば、それは幕府に人質を取られたと同じことである。

鎌倉政権は追い詰められ、仕方なく宮将軍をあきらめて、苦肉の策として頼朝の遠縁でもある関白家の藤原頼経《よりつね》を四代将軍に迎えることに決定する。

この藤原頼経は生後一年の幼児であった。

直ちに征夷大将軍に任じられる状況にはなかった。そこで絶対的権力者になった執権北条義時は恐ろしい奇策を考える。

それは姉の政子を尼将軍として鎌倉殿の代行をさせるということだった。

この政子が鎌倉殿になるという考えは、奇策中の奇策というよりは、やってはならない禁じ手だ。

尼将軍などあってはならない。

鎌倉殿は源氏の嫡流のはずだ。それがいつの間にか実朝になり、あろうことか尼御台の政子が鎌倉殿だという。

天が落ち、雨の代わりに槍《やり》が降ってきそうだ。

その鎌倉殿の政子を、執権の義時が補佐するというのだから、姉と弟で鎌倉を牛耳るということである。

このような暴挙にも反対する者は誰もいなくなっていた。

今や北条得宗家に反対すれば、間違いなく一族は滅ぼされるだろう。

鎌倉幕府の執権は絶大な権力を握り、それを支持する三浦一族などの勢力は不動のものになっていた。

その頃、公暁の弟の禅暁《ぜんぎょう》が実朝暗殺に加担したのではないかと噂《うわさ》が飛んだ。

実はこの噂は前からあって、実朝暗殺後の二月二十六日に、次期鎌倉将軍の冷泉宮の東下要請に上洛した二階堂行光が、要請には失敗したが、禅暁を連れて閏二月五日に京を出たのだった。

この時、禅暁は十八歳で、兄の公暁とは連絡も取っていなかった。

だが、実朝が亡くなり公暁も亡くなった今、頼朝の血筋は貞暁と禅暁しかいない。後は女の鞠子だけだ。

義時は十八歳という歳《とし》を気にしていた。

本人の意思とは関係なく、源氏の大将として禅暁を担ぎ出すには、最も適当なよい年齢だと思える。

危な過ぎて放置しておくことはできなかった。

禅暁は鎌倉に連れてこられたが、その所在は誰にも知らされなかった。

公暁に加担したのだから処刑されるという噂だった。この噂に三浦胤義が動いた。妻が我が子禅暁の助命嘆願を望んだのである。

だが、禅暁を危険と考える義時は助命するとは言わなかった。

実朝暗殺の余波が収まったような収まっていないような、落ち着かない鎌倉の雰囲気だった。

そんな時、突如として京で事件が起きた。しばらく雨の降らない暑い日だった。七月十三日に大内裏《だいだいり》の守護に当たっていた在京御家人の源頼茂《よりもち》が、後鳥羽上皇の指揮する軍勢に急襲された。

その場所は大内裏守護の頼茂が詰め所にしている御所の昭陽舎《しょうようしゃ》だった。

昭陽舎は御所の七殿五舎の一つで、女御などが居住する場所で、庭に梨の樹があることから梨壺《なしつぼ》とも呼ばれた。

頼茂は上皇軍に必死で抵抗し応戦したが、寡兵ではいかんともしがたく、仁《じ》寿殿《じゅうでん》に籠った末に火を放って自害した。

なぜ後鳥羽上皇が突然に源頼茂を滅ぼしたか、詳しいことはわからないといわれたが、鎌倉の御家人でもある頼茂に、上皇の倒幕計画を察知されたからではないかという。

つまり、上皇が最勝四天王院《さいしょうしてんのういん》で鎌倉調伏《ちょうぶく》の祈禱《きとう》をしたことを嗅ぎつけたからで、そう見られたのは、この事件の後に上皇は最勝四天王院を破壊させたからだ。

この頃、後鳥羽上皇はすでに討幕を考えていた。そんな危険な院の中のくすぶりを嗅ぎつけられては一大事である。

何がなんでも頼茂を殺さなければならなかった。

この時に焼失したのは仁寿殿で、他に宜陽殿《ぎようでん》、校書殿《きようしよでん》なども燃えた。

そのため、後鳥羽上皇は内裏再建の造内裏役《ぞうだいりやく》を全国に課するが、東国の地頭たちがこの上皇の命令を拒絶する。

結局、上皇は西国からの費用だけで再建することになった。

こういう事件が起きて、この頃すでに、朝廷と鎌倉の間は何かと嫌な音を発して軋《きし》み始めていた。

冷泉宮の東下は上皇の拒否で潰れ、鎌倉政権は仕方なく新将軍に藤原頼経、幼名三寅《みとら》、父が九条道家《みちいえ》であることから九条頼経ともいう、を鎌倉に迎えることになった。その上、二位尼とはいえ苦し紛れの尼将軍だという。

この時、新将軍になる頼経はまだ二歳だった。

その妻に用意されたのが頼家の娘の鞠子十八歳だった。この夫婦も悲運に見舞われることになる。

この後、二十九歳で鞠子は十三歳の頼経と結婚する。

だが、鞠子は三十三歳の時の出産が難産で、母子ともに死去、その後、頼経は反執権勢力に利用されて京に追放される。

そんな悲劇が幕を開けようとしていた。

七月になると頼経が鎌倉に下向し、政子が尼将軍となり鎌倉殿と呼ばれるようになった。なんでもありの鎌倉政権だった。

この尼将軍が頼経の成長を待ち、六年も続くことになる。

六十三歳の政子が、幼将軍の後見として将軍の代行をすることになった。

この新将軍問題で朝廷と幕府は半年間も交渉し、後鳥羽上皇の院政と鎌倉政権の対立が先鋭化する。

後鳥羽上皇という方は不思議な存在であった。

まず、平家のために三種《さんしゅ》の神器《じんき》が揃《そろ》わないまま即位したこと、土御門天皇を退かせ、溺愛する順徳天皇を立て、その子孫に皇位継承をさせたため、貴族社会にも不満を残したことがあげられる。

またこの後、その政治手法が極めて専制的で、鎌倉に対して挙兵を計画するなど批判も少なくなかった。強力に院政を推し進めたのだ。

だが一方では、後鳥羽院としてその歌作は屈指の歌人であり、後世に大きな影響を残した方でもある。

聡明でありながらも気性の激しい方であった。

天皇家には時々そのような方が現れるようで、後の建武《けんむ》の親政《しんせい》や建武の乱の南北朝分裂を引きおこす後醍醐《ごだいご》天皇などもそのような方だった。

後醍醐天皇の場合は、不運にも天皇家が南北に分裂する大事件に発展してしまう。

京の後鳥羽上皇と鎌倉の北条義時の対峙は、大きな波乱を巻き起こしそうな危険な匂いを放ち始めていた。

両雄並び立たずというがそうなりそうだ。

そんな間に挟まっているのが鎌倉殿の尼将軍である。その尼将軍が頼りにしたのは、当然ながら弟の執権義時であった。

政権としては本朝では前代未聞のいびつな珍事だが、頼朝が作った武家社会もここまでくると、存続させるにはいびつでも三角でもやるしかない状況だった。

その評価は歴史に任せるしかない。

政子が生涯で最も頼りにしたのは頼朝だろうが、それ以上に頼ったのが頼朝亡き後の義時だったといえる。

義時もまた姉の政子がいたからこそ力を発揮できたといえるだろう。

ことに実朝を失った政子が六十三歳で生きる意味を見出すとすれば、それは頼朝が残した鎌倉の武家政権を死守することしかない。

当然の帰結だった。

鎌倉殿といわれようが尼将軍といわれようが、この鎌倉だけは守り抜くという強烈な後家の踏ん張りだ。鎌倉の御家人たちのため、北条家のため、そして義時のために後家の踏ん張りのどこが悪い。

政子は再び怪物に変身しようとしている。

それしか鎌倉を護る道はないと自分に言い聞かせた。

その政子が十二月になると病に倒れた。正月に実朝と公暁の事件が勃発してから、政子はまともに寝ていないように思う。

あれこれと頭に浮かんで、うつらうつらしていると夜が明けてしまう。そんな繰り返しだった。

政子はこれまで病の記憶がない。

出産は病気ではないから病で寝たという記憶がないのだ。丈夫だけが取り柄だなどと笑ってきた。その政子が急な病になり、その数日後に、あろうことか政子の御所から出火したのだ。

冬の火事は恐ろしい。冬は延焼しやすく大火になることが多い。大騒ぎで何んとか火は消したが、病になったり出火したり、政子は実朝が怒っていると感じた。

すぐ実朝の追善供養をするように命じる。

鎌倉政権は後鳥羽上皇によって思わぬ形で追い詰められたが、義時は素早く宮将軍をあきらめ、公家から幼将軍を迎えることに切り替えた。

義時の素早い対応に、後鳥羽上皇も「摂関家からの幼な子か……」と、鎌倉への下向を了承したのであった。

このような時はもたもたせず、手際の良さが大切になる。

その上で姉の政子を鎌倉殿に仕立て、尼将軍として禁じ手を強引に使い、都から降りかかった禍《わざわい》をすり抜ける。

義時は後鳥羽上皇の恐ろしさを思い知った。

鎌倉の体制を整えて後鳥羽上皇と対峙しないと、源家から北条家に移った鎌倉政権は間違いなく上皇に潰される。

実朝事件によって、後鳥羽上皇が大きな影となって義時の前に姿を現したともいえる。それは後白河法皇と頼朝の時から続いている国の形をどうするかという問題だ。

朝廷や院は王朝支配、貴族支配を継続したい。

平家は失敗したが、鎌倉はこの国の形を武家支配に変えたいのである。頼朝はそのために鎌倉政権を樹立した。

だが、朝廷や院はそれを認めたくない。

ことに後鳥羽上皇は絶対に認めないという考えだ。

それは荘園や領地を支配するのは貴族なのか、それとも武力をちらつかせる武家なのかという根本問題があるからだ。

武家は武力を使い血であがなった領地は一寸たりともゆずる気はない。

だが、貴族は権威をもって代々荘園を維持し養ってきた。それを武家に横取りされるのは我慢がならない。

人はなぜか縄張りを持ちたがるのだ。

頼朝が義経追討を口実に、全国各地に守護と地頭を置いた時から、この土地の奪い合いはいっそう激化したといえる。

当初は公武融和も考えた後鳥羽上皇の狙いは、その公武融和ではなく、鎌倉を潰し貴族支配に戻すことであることがはっきりした。

その行きつく先は、貴族が勝つか武家が勝つか、上皇が勝つか執権が勝つかの二者択一しかないように思う。

義時の非情な権力奪取には問題が多いだろう。

だが所詮、権力というのは権謀術数を駆使して奪い取るものだ。時には敵の命を奪うこともありうる。それが許されるか許されないかは別の問題だ。

徳を持って天下を制す。

そんなことは暇人の考えた夢物語に過ぎない。

だが、義時の問題は対峙するのが後鳥羽上皇という治天《ちてん》の君《きみ》であることだ。この国では皇族の争い以外で天皇が命を落とした例はない。

いや、実は一度だけ、皇族以外の平民が、天皇のお命を弑《しい》し奉ったことがある。

それは、聖徳太子の父用明《ようめい》天皇の弟、崇峻《すしゅん》天皇が、東漢直駒《やまとのあやのあたいこま》によって暗殺された事件だ。その黒幕は蘇我馬子《そがのうまこ》といわれた。

海からの春風が吹きそうな承久二年（一二二〇）の年が明けた。前年は正月から実朝暗殺事件があって重苦しい一年だった。

暮れには尼将軍が病で倒れ、実朝の祟りだと鎌倉中に戦慄が走った。主殺《しゅうごろ》しをした義時だが、鎌倉政権の権力は確実に握りしめた。

この義時の振る舞いの良し悪しは歴史に問うことになる。

その義時に異論を唱える者はもういない。もし不満があっても、声を立てず逼塞《ひっそく》するしかない。だが、権力とは恐ろしいもので握った途端に孤独になるのが常だ。

義時が警戒すべきは京の後鳥羽上皇だった。

いや、もう一人いる。それは年が明けて十九歳になった頼家の子の禅暁である。

「禅暁を京に戻したいが？」

義時が広元に同意を求めた。

「京にでございますか？」

「そうだ。いつまでも鎌倉に置いておくことはできまい」

「三浦殿が……」

「そのことだが、胤義の助命の願いは聞かぬ」

「それでは？」

「そういうことにしたい。全ての禍根は断っておかねばならん……」

「そうですか、高野山の貞暁さまは？」

広元は義時が禅暁を殺すつもりだと思った。そうなると禅暁の師である貞暁も危ない。

「近頃、尼御台が熱心に帰依《きえ》しているようではないか？」

「はい、若い頃はずいぶん嫌っておられましたが……」

「尼御台の心のよりどころか？」

「おそらくは貞暁さまが頼朝さまの身代わりかと思われます」

「なるほど……」

義時が納得した顔だ。広元が貞暁を殺すなと進言したと義時は理解した。貞暁を産んだ大進 局《だいしんのつぼね》に強く嫉妬した悋気《りんき》の大将も、今や鎌倉殿であり、傷心を癒すように政子は貞暁に帰依していた。

「禅暁を京に送る支度を頼みます」

「畏まりました」

ここに高野山の貞暁三十五歳と鞠子十九歳だけを残し、頼朝の源家が滅亡することが決まった。

この後、四月十四日に禅暁は京の東山において誅殺される。それを知った三浦胤義が猛然と反発し、義時の敵に回ることになった。

第六章　鎌倉の風

うたかた

鎌倉政権は尼将軍の政子が命じ、その命令を執権の義時が実行する形を取った。

もちろん、尼将軍とは正式なものではない。

女人に征夷大将軍が宣下されたことはかつて一度もないが、政子の正式の官位は禅定二品《ぜんじょうにほん》という。つまり二位尼ということだ。

後鳥羽《ごとば》上皇が六条宮《ろくじょうのみや》と冷泉宮《れいぜいのみや》の東下を拒否した正式の理由は、日本国が二分する危険があるということだった。

そこで誕生したのが禅定二品の尼将軍という緊急対応だった。

なんといっても新将軍が幼いのだから仕方がない。英邁《えいまい》な後鳥羽上皇に対する魔王の執権北条義時という構図がここにできあがった。

双方が一歩も引かない。

この頃の後鳥羽上皇に対する評価は実に高かった。その後鳥羽院が詠《うた》ったという和歌にこそ上皇の本意が隠されていた。

……奥山のおどろが下も踏み分けて道ある世ぞと人に知らせん……

この歌の含意をどう読むかだ。

荊棘《おどろ》とは草木の乱れ茂る様または場所である。つまり、奥山のおどろとは東国の藪《やぶ》のように乱れた鎌倉と読める。下も踏み分けてとはそんな大藪も踏み倒して、つまり、鎌倉政権を倒して道ある世ぞと人に知らせん。

ここに道がありますよと人々に教えましょうと読める。

この歌の意味は鎌倉幕府を倒して、朕《ちん》が行くべき道を作り示しますという倒幕の歌ではないのか、穏やかな歌ではない。

また荊棘のいばらには公卿《くぎょう》の意味もあるという。

朕に従いなさい。貴族の有り様を教えましょうという意味もあるのかもしれない。

奥山のおどろという歌には、色々に複雑な意味が込められていると思える。さすがに和歌の名手の上皇であった。

この歌の作年は承元二年（一二〇八）というから、上皇になって四年目の作ということになる。ずいぶん以前から後鳥羽上皇は倒幕を頭の中に置いていたということだ。

その若き上皇も今や四十一歳になる。

倒幕ということになると武力と武力の激突になるということだ。それでも朝廷と院は鎌倉政権を倒し日本の統治を取り返したい。

この倒幕には院の後鳥羽上皇だけでなく、二十四歳になった順徳《じゅんとく》天皇も極めて積極的だった。

温厚な土御門《つちみかど》上皇だけは消極的だ。

だが、この上皇と天皇の倒幕の考えに反対する公家は少なくなかった。公家は武家と違い荒々しいことは好まない。

そんな中で朝廷と鎌倉の緊張が徐々に高まっていた。

鎌倉の政子は十二月になると、幼将軍こと藤原頼経《よりつね》三歳の袴着《はかまぎ》の儀《ぎ》を行った。

だが、政子がどんなに焦っても三歳の子が急に大きくなるわけではない。

鞠子《まりこ》が嫁ぐのはまだ先の話だ。

幼将軍とはいうが、まだ征夷大将軍の宣下もない。尼将軍と同じで、鎌倉の人たちがそう呼んでいるに過ぎなかった。

頼経の母は頼朝の姪《めい》の娘で、遠縁だが血縁の関係にはあった。

そこが大切なところで、権力は平家から源家に移り、やがて藤家に移るのが当然なのだと語られた。

神々の霊験《れいげん》が平家の厳島《いつくしま》から源家の八幡《はちまん》に流れ、やがてその霊験は藤家の春日《かすが》に流れるのだという。だから藤家の頼経が鎌倉に下るのは当然といわれた。

人々はどこかにそうなる根拠を求めたがる。

それが血筋だったり氏神だったりするのだ。

平家の厳島神社から源家の鶴岡八幡宮に神々の霊験がながれ、それが藤家の春日大社に鎮まるのだとは誰もが納得するお説ではある。こういうことを考える素晴らしい頭脳が必ず現れるものだ。

「別当は都の噂《うわさ》を聞いているか？」

「はい……」

このところ、執権の義時と政所《まんどころ》の広元《ひろもと》はよく話をした。義時は広元が京の公家《くげ》たちと独自のつながりを持っていることを知っている。

「院の辺りが不穏のようだが？」

「はい、都は噂のるつぼにて、ある話からない話、こうあってほしい話からそれでは困る話まで噂が混在しております」

「なるほど……」

「京と鎌倉の話の種は尽きません」

「確かに、このわしの耳には畏《かしこ》きあたりで、右大臣実朝さまを調伏《ちょうぶく》したなどと聞こえてきたのだが？」

「はい、それがしの耳にも同じ噂が、実朝さまが院に調伏されたのだとまことしやかに……」

「うむ、院が喜んだとか？」

「誠に無責任な噂にございます」

「事実ではないのか？」

「上皇さまはそんな軽々なお方ではないと存じます」

「そうだな」

義時も後鳥羽上皇がそんな軽々しい人とは思っていない。それだけに警戒しないと足元をすくわれると思っていた。

「わしを調伏すると思うか？」

真面目な顔で義時が聞いた。本気とも冗談とも思える複雑な顔だ。

「朝廷の調伏は常《つね》のことにございます」

「常のこと？」

「はい、何かあれば誰かが調伏したとか呪ったとか、祟《たた》りだとか陰陽師に占わせろなどと喧《やかま》しいことにございます」

「うむ……」

「朝廷の調伏で恐ろしいのは大元帥法《だいげんほう》にございます」

「大元帥法？」

「はい、朝廷に伝わる秘法にて、天皇家にあだなす怨敵《おんてき》を調伏します。天子さまのみが行う儀式にて大元帥明王《みようおう》に調伏を祈ります」

「大元帥明王？」

「恐ろしく力のある仏さまにて、大和の秋篠寺《あきしのでら》におられると聞いております」

「人を殺すか？」

「はい……」

　義時が困った顔で沈黙した。

「どのような儀式なのか？」

「それは存じません」

「大元帥明王とは？」

「拝したことはありませんが、聞くところでは毘沙門天《びしやもんてん》の眷属《けんぞく》にて、そのお姿は実に恐ろしいとか……」

「その調伏はいつ行われた？」

「それも存じ上げません」

「物知りのそなたでも知らぬのか？」

「はい、その儀式を見た者を知りません……」

「そうか……」

義時は納得できない顔だ。

「朝廷と事を構えるのはよろしくございません」

「鎌倉を潰しに来るぞ、それでもか？」

「その時は仕方なく応戦いたします。それでも御大将が誰かによります」

「院の方なら？」

「院の方が自らのご出馬であれば錦旗《きんき》に矢を放つことはできないかと……」

「降伏か？」

「恭順《きょうじゅん》するしかないかと思います」

「背けば？」

義時が広元をにらんだ。それに広元が小さく手を振った。

「それはいけません。おそらく、千年の末代まで一族が朝敵の汚名を着ることになりましょう。それがこの国の掟にございます」

「朝敵となな?」

「はい、この国に生きるところがないということです」

義時が沈黙してしまった。二人の話はこういう切迫した内容が多い。判断を誤りたくない義時は若い頃から広元の考えをよく聞いた。

納得することが多い。

大江広元と入道康信は鎌倉政権の知恵袋で、頼朝も二人の考えをよく聞いていた。

沈黙した義時は、どこかで後鳥羽上皇とは激突すると思っている。それが武力衝突であれば広元の言うようになるだろう。

そうはしたくない。

上皇も鎌倉との合戦までは考えていないのではと思う。

戦うことになれば、莫大《ばくだい》な犠牲が出ることは目に見えている。戦わずに武器を置いて恭順するのは難しい。だが、広元は戦っては駄目だと言う。

公武融和の道などあるとは思えなかった。

義時と広元が深刻な話をして間もなく、承久三年（一二二一）の年が明けた。

この年がどんな年になるか神仏以外は誰にもわからない。

年が明けてすぐの正月六日に、問注所執事《もんちゆうじよ》の三善入道康信《やすのぶ》八十二歳が病のため辞任した。

義時はこの問注所執事の職は三善家が世襲することに決めた。

平家との戦いに敗れた頼朝が十三歳で流人になった時から、三善康信は頼朝に都の情勢を逐一知らせて、源氏の再興に最も功労のあった人だ。

頼朝が望んで都から鎌倉に招いた大切な人でもある。その康信がついに年が明けて八十二歳になり病に倒れた。

もう鎌倉政権から身を引くしかない。

ついに十三人の合議制は義時五十九歳と広元七十四歳の二人だけになった。二人もそう長くは生きられないだろう。

鴨長明が方丈記に言う。ゆく河の流れは絶えずして、しかも、もとの水にあらず、なのだと。

人の一生はよどみに浮かぶうたかただと言う。

十三人のうち十人までが鬼籍に入った。だが、義時と広元はまだ生きなければならなかった。

　なぜ生きるかを問う暇はない。

国の形

　正月二十七日に右大臣源実朝の三回忌法要が行われた。

　鎌倉の風は春の匂いを含んで微かに海の香がする。ふと、政子は法要の帰りに大玄関の梅の木を見た。

　蕾《つぼみ》が膨《ふく》らんで今にも咲きそうになっている。

　それを見て実朝を殺した公暁《くぎょう》のことを思った。その遺骸と首がどこに行ったのかもわからない。義時が首実検をしたのは知っている。

　だが、公暁の葬儀も行われず墓もないのだ。政子は梅の木にそっと合掌した。

　すると大玄関に頼経と鞠子が現れた。

　二人は夫婦になることを知っているのか実に仲がいい。姉と弟というより母親と息子のようだ。

　この二人のためにも、何ごともない穏やかな一年であってほしいと政子は思う。

政子も昨年から朝廷と鎌倉のただならぬ雰囲気を感じている。まだ、義時は何も言ってこないが、その緊張感は尋常ではない。

武家の家に生まれた政子は戦いには敏感だ。

正月の穏やかな鎌倉の風には、どことなくそんな緊迫感が漂っていた。

政子は乱の風ではないかと思う。薫風《くんぷう》にはまだ早いが乱の匂いがする。政子はブルッと大玄関で身震いした。

「ここは寒い、奥に行きましょう……」

頼経と鞠子を連れて、まとわりつく風を払うように奥へ急いだ。

その頃、都では後鳥羽上皇の二十八回目の熊野御幸《ごこう》に向かう支度が急がれていた。熊野に行く上皇の気持ちも複雑だ。

そんな乱れた心を整えるための熊野御幸でもある。

「局《つぼね》、朕《ちん》の熊野行きも二十八回になると聞いたが？」

「はい、お上のお健やかさも熊野権現のお見守りがあるからでございます」

「そうか……」

上皇は兼子を傍に置いて話すのが好きだ。二人はニコニコといつも機嫌がいい。気分が優れない時でも上皇は兼子を見るとニッと恥ずかしげに笑う。

側近たちが兼子を、年の離れた上皇の思い人ではないかと、勘違いするほど仲がいい。二人の絆《きずな》は思い人以上だったかもしれない。

「御幸からお帰りになったお上は生気が漲《みなぎ》っておられます」

「うむ……」

「神々の力がお体に宿るのでございます」

「局は朕をよく見ておるのう」

「はい、お上のご竜顔を拝することのみが生き甲斐《がい》にございます」

「朕もだいぶ歳《とし》を取ったが……」

「お上のご宝算《ほうさん》はこの国の歩みにございます。益々のご隆盛を慶賀申し上げます」

「うむ……」

上皇は兼子と話していると知らず知らず力が湧いてくる。乳母《うば》の時から兼子を信頼し、母以上に慕ってきた。それは今も変わらない。

兼子は上皇にとって乳母であり、側近であり、愛人であり、賢人であり、母ともいえる人なのだ。

二月になるとその兼子に見送られて上皇は熊野に旅立った。

上皇はのろのろと行く牛車《ぎっしゃ》が嫌いだ。それでも都の中では牛車を使うが、旅に出てまで牛車では日が暮れて道遠しだ。

元来、天皇や皇后の乗り物は駕輿丁《かよちょう》が担ぐ輦《れん》と、力者《りきしゃ》が手で運ぶ腰輿《ようよ》があった。

網代輿《あじろごし》、板輿《いたごし》、四方輿《よほうごし》、塗輿《ぬりごし》などがあり、近頃は貴人気取りで僧や武家がそんな輿を用いるようになった。

上皇はそういう輿もあまり好きではない。

御簾《みす》の奥にいることが好きではないのだが、天皇の頃はさまざまに仕来たりがあって、あれに乗りたいこれに乗りたいは慎《つつし》まなければならなかった。

だが、上皇になれば自由だ。

馬に乗ろうが牛に乗ろうが鹿に乗ろうが龍に乗ろうが遠慮する必要がない。

武張ったことの好きな上皇は開放感のある馬上が好きだ。

都を出ると早速に馬を召して騎乗する。なかなかの腕前で背筋が伸び、弓矢を持てば堂々たる公達《きんだち》だった。

左右から轡《くつわ》を取って上皇の馬が行くのを野次馬が見上げる。

「天子さまかい？」

「そうじゃねえ、院の上皇さまだ……」

「そうか、いつもの熊野詣《もうで》だな？」

「今年は天気が良くて暖かだから馬にされたんだろう」

「なるほど、なるほど、そなた賢いな？」

「それにしても道は掃《は》き清めたのか、何《な》んだか枯れた葉っぱが散らばってなさけねえ……」

「今朝早く、村の者が総出で掃き清めたんだ。夜が明けてから強い風が吹いただろ、あれに吹き飛ばされたのよ。仕方なかろう」

「そうか……」

　上皇は春の陽に黄金に輝く海を見ながら気分爽快、ご機嫌麗しく馬上から彼方《かなた》を見つめ、三百人を超える行列が熊野に向かった。

　馬と腰輿を交互に使って、上皇の熊野御幸が紀州の海沿いを南に下った。

　鳥羽上皇、後白河法皇、後鳥羽上皇の熊野御幸で、紀州路は男女を問わず誰でも参詣できるように整備された。

　その紀州路の田辺《たなべ》から熊野本宮大社に向かう道を中辺路《なかへち》という。

上皇一行は中辺路に入り本宮大社に向かった。

中辺路に入らず真っ直ぐ海岸沿いに熊野那智大社に行く道を大辺路《おおへち》という。通常は中辺路から本宮大社、那智大社、速玉大社と熊野三山を参詣する。

中辺路には田辺の出立王子《でだちおうじ》から秋津王子《あきづ》、万呂王子《まろ》、三栖王子《みす》など本宮大社まで二十五社を超える王子社が並んでいる。

速玉大社までは三十社を超える王子社があった。

まさに熊野は神々の鎮座する山と森であり、神の宿る大磐座《おおいわくら》や神々と精霊の遊ぶ清水の里である。

よみがえりの地でもある。

この熊野に後鳥羽上皇が会いたい人物がいた。

仁和寺《にんなじ》の僧で後鳥羽上皇の母七条院《しちじょういん》が帰依し、大僧正となり元久元年に熊野三山検校《みやまけんぎょう》となった長厳《ちょうげん》という僧だ。

長厳は承元元年（一二〇七）に後鳥羽上皇の熊野御幸の先達を務める院宣を受けた。

熊野三山検校とは熊野詣が盛んになったことで、熊野には在地の熊野別当という支配者がいたが、白河上皇がその熊野別当の上に、園城寺の僧を検校として置いたのが始まりで、長厳は七代目になる。

この熊野検校は大峰山《おおみねさん》などで修行を積んだ修験者《しゆげんじや》だった。本来、熊野検校は園城寺の僧が就任したのだが、長厳は園城寺とは関係のない仁和寺の僧だった。

後鳥羽上皇の引きで、初めは那智大社の検校だったが、そこから出世して熊野三山検校まで昇りつめた。

上皇と長厳は密接な関係にある。

長厳は先に熊野本宮大社に入って上皇の到着を待っていた。長厳は上皇が中辺路に入られたのを聞くと迎えに出た。

水呑《みずのみ》王子社の辺りで長厳は上皇を迎える。

「長厳、いつもながら熊野は良い……」

「はい、ここより本宮までご先達申し上げます」

「うむ、輿にしよう」

上皇は馬から降りられると腰輿に乗り換えられた。熊野御幸の行列が静かに本宮大社に向かって進んだ。

その夜、後鳥羽上皇は熊野検校長厳を召されて二人だけの密談をなされた。

「検校、朕はいよいよだと考えている」

「はい、二十八回目の御幸にございます。満願成就の時かと存じ上げます」

「うむ……」

「熊野衆はすべて上皇さまのお味方にございます」

この二人は熊野だけでなく、京にいる時も何度となく鎌倉の討伐を語り合ってきた。上皇が信頼する一人だ。

「人数は？」

「上皇さまの思《おぼ》し召《め》しのままに……」

「修験者もか？」

「はい、必要とあらば船も出します」

「うむ、熊野には船もあるのだったな？」

「時と場合によっては海賊なども致しますようで……」

二人が微《かす》かに微笑《ほほえ》んだ。

「時期はいつ頃とお考えでございましょうか？」

「五月でどうか？」

「承知いたしました。そのように支度をさせていただきます。お召しのあり次第、京へ馳《は》せ参ずるでありましょう……」

長厳の熊野衆は戦力として充分に期待できる。その長厳は、上皇の鎌倉討伐の最大の理解者なのだ。

すでに熊野別当の小松法印快実《こまつほういんかいじつ》とその子の千王禅師《せんのうぜんじ》は長厳と同腹《どうふく》である。

熊野衆は二十八回の上皇の熊野御幸の間に強い絆を作り上げてきた。後白河法皇と後鳥羽上皇あっての熊野だと思っている。

天皇家と熊野のつながりは古く、神武東征《じんむとうせい》の頃からである。

神武は船で東に向かう途中、山中に光輝くものを見て立ち寄った。その光るものとは那智の大滝であったという。

その神武の戦いを勝利に導いたのが熊野の八咫烏《やたがらす》だった。

神代から天皇家と熊野はつながっている。

上皇と長厳の密談は深更《しんこう》に及んだ。

熊野本宮大社は熊野川の中州の大斎原《おおゆのはら》にあった。本宮大社を参詣した上皇は、設《しつら》えられた御座船《ござぶね》に移られて熊野川を下る。

本宮大社より下流を熊野川と呼ぶならわしなのだ。上流は岩田川や音無川《おとなしがわ》などと呼ばれていた。

熊野川は九里八町という。

静かな流れを上流の本宮大社から、海辺の熊野速玉大社まで二刻半（約五時間）ほどで到着する。山々に囲まれた大峡谷の川にしては流れが穏やかだった。もちろん、大雨でも降れば豹変して激流になるのかもしれない。天ノ川《てんのかわ》などと呼んでいるところもあった。

神々が遊ぶ川である。

後鳥羽上皇一行は本宮大社から速玉大社を参詣し、熊野那智大社の大滝を参詣して大辺路を帰途についた。

この熊野御幸で後鳥羽上皇の鎌倉討伐の考えは固まった。

その頃、京の朝廷では、順徳天皇が譲位を考えて動いていた。それも鎌倉討伐のために、より自由な身になりたいからである。

順徳天皇の子の懐成《かねなり》親王はまだ四歳だった。今日のあることを考えて上皇と順徳天皇は、わずか生後一ケ月で懐成を立太子して東宮に入れた。

後鳥羽上皇が熊野から戻られると、順徳天皇の譲位は本格的に動いた。

四月二十日に順徳天皇は懐成親王四歳に譲位、践祚《せんそ》が行われ天皇は上皇となった。践祚は行われたが即位も大嘗祭《だいじょうさい》も行われなかった。

この順徳天皇譲位のことは数日で鎌倉に届いた。

「いよいよではないのか？」

義時は広元と都の様子を話し合った。

「これで三上皇が揃《そろ》われました。おそらくは……」

「臨戦体制に入ったということであろう」

「そのように考えられます」

「こっちも戦う構えを取らなければなるまい？」

「まだにございます。こちらから仕掛けてはなりません」

「立ち遅れるぞ？」

「武家は何んのために兵を養いおきますか。今日が明日でも戦いの遅れをとるものではありません。むしろ、ここで大切なのは戦う大義名分にございます」

「うむ！」

「恭順《きょうじゅん》しないのであれば、戦う大義名分がない限り御家人は動きません。ましてや、錦旗《きんき》に矢を放つのですから……」

二人の話は難しい話だ。

その頃、順徳上皇は秘かに寺社に命じて、鎌倉の執権北条義時を調伏する加持《かじ》祈禱《きとう》を行わせていた。

都に倒幕の噂が流れる。

都では後鳥羽上皇のことを本院《ほんいん》と呼び、土御門上皇を中《なか》の院《いん》、順徳上皇を新院《しんいん》と呼んで、戦いの支度が整ったと考えられていた。

こうなると風雲が風雲を呼ぶことになる。すべては三人の上皇の責任であり、天皇はまったく無関係という臨戦の構えである。

天子だけは何があっても誰も触ることはできない。

この布陣には万一のことがあっても、天子の権威だけは守るという後鳥羽上皇の意思が現れていた。三上皇が並ぶ最強の布陣だ。

この布陣に刃向かうなら、一族滅亡は覚悟しなければならない。

「別当は戦いにまだ同意できないか？」

「執権殿は一族はおろか、鎌倉も滅んでいいと……」

「他に方法はあるか、武器を置いての恭順は受け入れられない」

「どうしても？」

「わしはこの武家の都である鎌倉を死守したい。そのためにこの手も汚してきた。それはそなたも同じであろう、違うか？」

広元が沈黙した。

三上皇に弓を引くのかと思うと、元朝臣の広元にはなかなか踏ん切りがつかない。

「他に策があるなら考えないでもない」

義時も何がなんでも戦うと決めているわけではなかった。和睦も考えてみたが、上皇が受け入れるとは思えない。

上皇の狙いは寵姫亀菊の荘園の地頭廃止要求でもわかったように、全国の守護地頭を廃止にして荘園を貴族に戻そうというのだ。

それが見えている以上、この対立はどちらかが倒れるまで決着がつかない。

小さな問題ではないのである。

かつてない国の形を決める戦いだ。古《いにしえ》の昔、巨人藤原不比等《ふひと》が決めたこの国の有り様を、一気に変えてしまおうというのが鎌倉政権である。

それを阻止したいのが後鳥羽上皇なのだ。そのためには政権の要《かなめ》にいる執権北条義時を討伐する。

上皇は鎌倉政権を倒すとは言わない。

そこは微妙なのだ。

義時討伐と言えば仕方ないと思う御家人もいるだろうが、鎌倉政権を潰すとなると御家人が結束しかねない。そこが上皇にとっても難しいところなのだ。

後鳥羽上皇は、挙兵すればさすがの義時も恭順するのではないかと思っていた。

朝敵になることを選ぶとは思えない。

非義《ひぎ》の綸旨《りんじ》

五月十四日に後鳥羽上皇は挙兵にふみ切った。

鳥羽離宮の流鏑馬《やぶさめ》揃いという名目で、京やその周辺から軍勢を集めた。その上皇のお召しに京にいた御家人も馳《は》せ参じる。その中には京都守護の大江親広《ちかひろ》など、在京の鎌倉御家人も少なからず含まれていた。

親広と一緒に京へ派遣された伊賀光季《みつすえ》にも上皇からのお召しがあったが、光季は拒絶して応じなかった。

在京の鎌倉御家人は、上皇の挙兵に驚愕し、身の振り方を迷うなど大混乱になった。

伊賀光季は召されても自分の仕事は御所の警護にあるといって応じない。再度召されても、光季は自分の与《あずか》り知らぬことだと拒否した。

だが、畿内からは上皇のお召しに応じて続々と兵が集まる。

北面武士と西面武士や、地方から出てきている大番役などの武士千七百騎が終結、その中には有力御家人尾張守護小野盛綱《おのもりつな》、近江守護佐々木広綱《ささきひろつな》、検非違使判官三浦胤義《みうらたねよし》らが含まれていた。

そこに鎌倉の政所別当広元の嫡男京都守護大江親広が加わり大騒ぎになった。

だが、同じ京都守護の伊賀光季は、頑強に後鳥羽上皇のお召しを拒否する。

「お召しに応じぬとは小癪《こしゃく》なッ、伊賀を殺してしまえッ！」

戦いの血の匂いを感じると武将も兵も狂う。

翌五月十五日には上皇方の藤原秀康《ひでやす》、近畿六ケ国守護大内惟信《おおうちこれのぶ》らが率いる八百騎が、高辻《たかつじ》京極にある伊賀光季の宿所に殺到した。

ここに戦いの幕が切って落とされた。

襲撃された伊賀軍は寡兵ながら果敢に戦った。

「敵を屋敷に入れるなッ！」

「光綱《みつつな》ッ、誰かを鎌倉に走らせろッ！」

「承知ッ！」

光季は息子の光綱に鎌倉へ急報する使いを出せと命じて戦いに向かった。

すでに門扉《もんぴ》は破られ敵が庭まで入り込んでいる。

「おのれらッ、鎌倉の恩を忘れたかッ！」

そう叫ぶと、長刀《なぎなた》を振り上げて敵兵の中に突進する。

凄まじい形相の光季が兵に囲まれながらも奮戦。だが、敵の放った矢が首を貫き、立ったまま眼だけをギョロつかせバタリと前のめりに倒れて討死《うちじに》した。

光綱は「上皇の挙兵を鎌倉に知らせろッ！」そう命じて下人を落ち延びさせると、奥の部屋に引っ込んで草摺《くさず》りの下から太刀を入れ自害した。

長厳が率いる熊野衆も続々と京に到着する。その数が何人になるかわからない大軍が、数十人、数百人の塊《かたまり》で京に入ってきた。

鎌倉の広元には光季の下人が着く前に、いち早く京からの知らせが届いていた。

そこで、ついに後鳥羽上皇がやってしまったかと思うと同時に、広元は息子の親広を始め、多くの鎌倉御家人が、上皇のお召しに応じたことを知り愕然《がくぜん》とする。

「何ということだ……」

広元はこの戦いは尋常なことではないと思う。これまでの平家との戦いや鎌倉御家人の権力争いの戦いとは違う。

「短慮な……」

広元は聡明な後鳥羽上皇なら、ギリギリでも後二、三年は踏み止《とど》まってくれると思っていた。

朝廷と鎌倉の間は緊迫していたが、まだ打開策はあると広元は考えていた。

上皇が軍を動かしてしまえば決着は早いが、何年も何十年も場合によって何百年も取り返しのつかないことになる。

それが広元の考えだった。

こうなると、義時の性格からして恭順はあり得ないだろう。

恭順しないとなれば、朝敵になっても戦うという道しかない。だが、朝廷に弓矢を向けることに御家人が同意するかだ。

広元はさすがの御家人たちも躊躇《ちゅうちょ》して、鎌倉に残る者と京に向かう者が出てくる、鎌倉が分裂することも後鳥羽上皇の狙いではないのかと思う。恭順もできず、戦いも思うようにいかないとなれば鎌倉は立ち枯れるしかない。

最終決断までどれほどの猶予《ゆうよ》があるか広元は考えてみた。十日か半月か、長引けば上皇が有利になると思える。

鎌倉が迷っていると見て、御家人たちが離反することも充分に考えられた。

「決断は早い方がいいのだが……」

最大の問題は、戦う大義名分だと広元は思う。

この頃すでに、後鳥羽上皇は三浦一族、小山一族、武田一族など鎌倉の有力御家人に、義時追討の院宣を発した。ここに北条義時は朝敵となった。

鎌倉のことには触れていない。

同日、朝廷からも諸国の御家人、守護、地頭らに官宣旨《かんせんじ》が発せられた。弁官《べんかん》下文《くだしぶみ》ともいい、太政官の官印は押されていない。

上皇は素早く軍を配置して、京への関所を固める。

「朝敵となった義時には千騎も集まるまい！」

上皇方はそんなことを言って楽観的だった。

「いやいや、義時方への味方は万を下るまい！」

情勢を厳しく分析して楽観論を戒《いまし》める者もいた。それを聞いた後鳥羽上皇は不興になられたという。

上皇方は院宣の威力や効果を信じていた。

諸国の武士団がこぞって味方に馳せ参じるはずだと思っている。

朝廷や院から発せられる宣旨や院宣が、大きな力を持っていることは事実だが、だからといってそれがどんな働きをするかはその時の情勢次第でもあった。

どんな時に効果を発揮するかはわからない。

無視されることすらある。

深夜に広元は郎党《ろうとう》二人に松明を持たせて義時の屋敷に向かった。

しとしとと夏の前の重たい雨が降り、広元は笠《かさ》をかぶり蓑《みの》を着て百姓の恰好《かっこう》をしていた。

すでに家人を走らせて訪ねることは知らせてある。

「執権殿との話は長くかかる。お前たちは帰りなさい」

「お迎えはいかがいたしましょうか？」

「夜明け頃に来てみてくれ……」

「はい……」

二人の郎党を返すと、広元は義時の部屋に案内された。

「来たか？」

義時は広元の深夜の訪問で緊急を感じた。すでに寝衣を着替えている。

「知らせがまいりました」

「挙兵か?」

「はい、名目は流鏑馬揃えということですが、上皇さまの挙兵に間違いありません」

「そうか……」

覚悟はしていても上皇が挙兵したとなると衝撃だ。二人はしばらく沈黙する。

義時は恭順せず、戦う覚悟を決めていた。それは北条家が朝敵になるということだ。

その上、御家人に呼びかけて上皇軍と戦う大義名分がない。義時が最もつらいところである。

鎌倉御家人の士気を鼓舞する名目がない。

なんのために戦うのかがはっきりしなければ戦いようがないのだ。

武力があるからといってやたらと暴れ回ることもできないし、そんなことをしてはならない。

正々堂々と大義名分を立てて戦いたい。

「恭順はしない。何か策はあるか?」

義時も随分考えたのだが名案はなかった。朝廷や院に刃向かう名目など無いのが当然だ。

「戦う名目にはなりませんが一つだけ策がございます」

「うむ、聞こうか？」

「秘かに次のような噂を流します。この戦いに勝てば五千ケ所ほどの上皇方の荘園が手に入ります。よって、戦いの恩賞は望みのままであると……」

「恩賞か？」

「はい、今の領地が二倍から三倍になるということです」

義時が黙って聞いている。

「戦う大義名分にはなりませんが、戦った結果の待遇を示します。武家にとってその所領は命と同等の重さがあります。二倍三倍となれば気持ちが動きましょう。人は欲と二人で歩いておりますから……」

広元は御家人の領地へのこだわりを利用しようと考えた。早い話が、荘園という恩賞を大盤振る舞いするということだ。その噂を秘かに流すことによって、御家人たちは間違いなく動くと読んだ。

「領地か？」

「負ければ領地を失います」

逆に、上皇軍が勝てば領地はすべて朝廷や貴族のものになり取り上げられる。どっちがいいかという判断を、秘かに御家人にさせるのが広元の考えだ。

噂だけで表に出さないのだから効き目がありそうだ。五千ケ所の荘園を御家人同士が奪い合うという生々しさである。

「これを裏の策にして戦う名目を考えればよいかと思います」

広元は御家人たちが領地を欲しがるのだから荘園の恩賞は歓迎すると思う。

「その表の大義名分になる策はあるか？」

「ないこともございません……」

広元は戦うならどう戦うか、その策を考えに考えた。

義時が恭順しない限り、鎌倉軍は戦うしか道はないのだ。戦う以上、なんとしても勝たなければならない。

「どんな策か聞けるか？」

「はい、荘園の恩賞に対する奉公を、尼御台《あまみだい》さまから御家人に説いていただきます。鎌倉がいざという時に何をしなければならないか、頼朝さまのご恩も忘れないようにと……」

「なるほど……」

広元は鎌倉の本質はご恩と奉公だと言いたい。

よい奉公をすれば恩賞は思いのままだという。表と裏から御家人の気持ちを揺さぶり戦いに軍を進める。

この方法しかないと思う。

「尼御台に話してみよう」

義時は広元の考えでいけそうだと思った。この策がうまくいけば頼朝公の奥州合戦の時のような大軍が集まるかもしれない。

なんといっても五千ケ所の荘園を恩賞にするとは恐ろしい話でもある。

朝廷や院や公卿などが多くの荘園を抱えている。それらをすべて失い丸裸になるという話だ。

貴族社会が崩壊するということでもある。

翌五月十九日には後鳥羽上皇の挙兵を知らせるため、三善長衡《みよしながひら》と伊賀光季の急報が鎌倉に届いた。

その直後、三浦胤義から密書をもらった兄の三浦義村《よしむら》が、その書状を幕府に届けてきた。それは胤義が上皇に味方するという内容だった。

上皇は検非違使判官の三浦胤義を通して、兄の三浦義村を味方に引き入れ鎌倉を混乱させせようとした。というのも、義村は狡《ずる》い男で弟の胤義を惣追捕使《そうついぶし》に任じてくれるなら、味方しましょうと院に伝えていたからだ。

上皇の挙兵が伝わると、途端に鎌倉の風が暴風に変わった。

「戦だッ！」

「都と戦だッ！」

「馬鹿野郎ッ、天子さまに矢を放つのかッ、恭順だッ！」

鎌倉の風が真っ二つに割れた。

そこに大倉御所の政所辺りから秘かに「この戦に勝ったら五千ケ所の荘園が恩賞に出されるそうだ！」と、強烈な噂が飛び出した。

「おい、所領が恩賞で五倍になるそうだな？」

「五倍だと、わしは十倍になると聞いたぞ！」

「本当か、どうする？」

「うむ、恭順だろうと思っていたが、領地が十倍だからな……」

「強欲めが！」

「うぬは恭順か？」

「ふん、戦に決まっているだろうよ！」

「ケッ、強欲はどっちのことだい？」

「お互いさまじゃねえのか？」

そんな話が鎌倉のあちこちで繰り広げられた。二倍三倍の恩賞がいつの間にか「おいッ、恩賞が百倍だそうだな？」と巨大な尾鰭《おひれ》がついた。

人の欲には際限がない。

一方で、そんな戦いをしていいのかと、御家人たちに大いなる動揺も渦巻いていた。難しい局面なのだ。

その頃、京では、上皇の挙兵に反対した公卿の西園寺公経《きんつね》と子の実氏《さねうじ》が弓場殿《ゆばどの》に召され、そのまま幽閉された
義時追討の宣旨が全国に発せられた。

「陸奥守義時朝臣《あそん》、勅命に背き天下の政を乱す……」というのが宣旨の出た理由だ。

さすがに義時討伐の宣旨には、鎌倉の御家人が大きく動揺した。だが、北条一族と比肩できる三浦一族が上皇方には動かなかった。

その動揺を鎮めるためにも、戦う大義名分が必要だ。

このままでは鎌倉が崩壊しかねない。

執権義時は広元と話し合った最後の手を使うしかなくなった。その夜、義時は政子の御所を訪ねた。

「義時、討伐の宣旨だそうだな？」

「はい、朝敵になりました」

「別当殿に聞いたが、恭順する気はないそうだな？」

「その通りです」

「うむ、わかりました。そなたが朝敵であれば、この尼も朝敵になりましょう。佐殿《すけどの》もそうなさると思います」

「姉上……」

「別当殿から聞いております。わらわが鎌倉の御家人に有り様を話します。その上で」

義時が黙って頭を下げた。

討伐の宣旨が出た以上、戦うしかない。武器を置いて恭順する気はない。それに政子が同意した。

その日の夜、真昼のように篝火《かがりび》の焚《た》かれた大倉御所に鎌倉の御家人が集められた。

そこに尼将軍の政子が現れる。

六十五歳の老尼が将軍の座に座った。

「みなに、わらわの話を聞いてほしい……」

集まった御家人の顔を見ながら、政子は話を始めた。

「その昔、東国の武将たちが、まだ、平家に仕えていた頃の身なりを思い出してほしいのじゃ。賤《いや》しき身なりにて馬にも乗らず、この辺りの街道を行き来していたのではないか。そこに亡き佐殿が現れて鎌倉を開き、みなの京への宮仕えもなくなり、大きな恩賞も与えられ、その暮らし向きは一族郎党までも楽になったのではないか。その佐殿のご恩にどのように報いるのでありましょう。その墳墓を京方の馬蹄で踏み荒らされることを許せましょうか。今、朝廷は鎌倉を逆臣と言い非義《ひぎ》の綸旨《りんじ》を下さる。わらわは断じて納得できません。名を惜しむ者は速やかに秀康、胤義らを討ち取ってもらいたい。宣旨によって京方に味方しようという者は、ここで今すぐ申し出よ。その上でこの尼を殺し、鎌倉を焼き払って京へのぼるがよろしかろう」

政子は切々と御家人に語りかけた。

この政子の話には説得力があった。人は過去を語られると弱い。昔のみじめさを思い起こし、頼朝の恩の大きさを感じて御家人たちは涙を流した。

政子ははっきりと非義の綸旨と言って、朝廷と院を痛烈に批判した。絶対唯一の存在である天子の綸旨は無謬《むびゅう》であり、非義などあり得ようはずがない。

だが、政子はそれを一刀両断に斬り捨てた。

非義に対する政子の正義は、鎌倉殿のご恩であると説いた。御家人がよって立つのは所領であり、その所領を安堵《あんど》するのが鎌倉殿である。

その鎌倉殿に対するご恩を忘れることこそ非義であると斬って捨てたのだ。ここに鎌倉の価値の有り様が定まったといえる。

その上で政子が巧妙だったのは、義時追討の宣旨を鎌倉の問題にうまくすり替えたことである。

政子は義時追討の宣旨を全く無力化した。

後鳥羽上皇の考えは、義時を倒せば鎌倉政権は崩壊するということだ。そう見ていたのは正しかったが、その宣旨の威力が消えてしまった。

宣旨によって鎌倉が二分すると読んだのはよかったが、尼御台と呼ばれる政子の存在までは読み切れなかった。

歴史はこういうことが起きるからおもしろいともいえる。

翌五月二十一日に後鳥羽上皇の近臣で、挙兵に反対した一条高能《いちじょうたかよし》の三男一条頼氏《よりうじ》が鎌倉に逃げてくる。

その頼氏の報告で、京の情勢がかなり詳細まで判明した。

尼御台政子の説得で御家人の結束が固まったかに思われた。すぐ義時の大倉の屋敷に広元、泰時、時房、病身の入道康信、三浦義村、安達景盛などの有力御家人が集まり軍議が開かれた。

ここで意見が割れた。

軍議の方向は箱根《はこね》と足柄《あしがら》の道を閉めて、京から来る軍勢を迎え討つということだ。

この迎撃作戦に広元が強く反対した。

「敵の攻撃を待つような戦では勝つことができない。速やかに軍勢を整えて京に侵攻して活路を見出すべきである！」

広元は強硬で自説を曲げない。この広元の作戦には入道康信が同意した。二人は上皇の狙いがわかっている。

朝廷の権威に萎縮して、鎌倉の御家人たちが動けずに攻撃を渋ると、そのうち鎌倉軍から抜けて上皇軍に寝返る御家人が出てきてしまう。

そうなれば鎌倉軍は戦わずに崩壊する可能性が出てくる。

確かに攻撃されるのと、攻撃するのでは戦い方がまるで違う。肝心の義時がいざという時に迷った。

優柔不断というのではないが、大軍を率いて京まで行けるのか。途中で御家人たちに雪崩《なだれ》を打って京方に走られては目も当てられない。

義時はあれこれ考え迷って、情けないことに判断しかねた。

すると二つの作戦を政子のところに持っていった。この鎌倉の総大将は何を考えているのか、政子に総大将を譲れと言いたくなる。

その政子がスパッと小気味よく決断した。

待つのではなく、上洛して上皇軍にこちらから戦いを仕掛けろと言う。びくびくしながらの戦いなどしてはならない。

東国から大軍を集めて堂々と戦って勝てと言う。凜々《りり》しいではないか。政子に美々しい鎧《よろい》を着せて馬に乗せたいぐらいだ。

作戦が決まればそこからの話は早い。

宇治川《うじがわ》

執権北条義時の名で、遠江《とおとうみ》より東の十四ケ国に、すぐ軍勢を出すようにとの命令書が発せられた。

上洛軍の総大将は相模守時房と武蔵守泰時の二人で、東海道から時房と泰時、東山道から甲斐の武田信光《のぶみつ》、後詰めとして北国道から式部丞《しきぶのじょう》名越朝時《なごえともとき》と決まった。

ところが決意を固めたはずの御家人たちも、いざ本領を離れて上洛し、上皇軍と戦うとなると恐怖心が湧いてくる。

ここでも広元と入道康信は強硬だった。

二人はすぐ泰時を出陣させるべきだと主張する。もたもたしているといつまでも出陣できなくなる。

戦いには戦機というものがある。熟した戦機を逸すると大軍が腐ってしまう。

理屈は確かにそうなのだが、上洛して上皇軍に戦いを挑むのはどう考えても怖いものがある。

それは御家人だけでなく泰時だって恐怖だ。

政子は出陣する泰時を呼んで卿 局《きょうのつぼね》、卿二位こと藤原兼子《けんし》には決して手を出してはならないと言う。

尼の大恩あるお方ゆえ、何があっても丁重に扱ってもらいたいと命じた。政子は兼子を気にしていた。

「泰時、高齢なお方ゆえ、手荒にしてはいけません。よろしいか？」

「はい、確かに承りました」

この政子の言葉によって、後鳥羽上皇の側近である藤原兼子は都に残り、どこにも流されることはなかった。

この八年後、七十五歳の長寿を生きて死去する。

その泰時が二十二日にわずか十八騎で鎌倉から出陣したが、何か忘れものでもしたかのように翌日には戻ってきてしまった。

みなに励まされて出陣したのに、早々と戻ってきたことに誰もが驚いている。

「父上、大切なことを一つ聞き忘れました」

「なんだ？」

「もし、天子さまが鎧を召されてお出ましになられた時にはいかが相成りましょうか？」

「天子さまが？」

「はい……」

わずか四歳の天皇が鎧を着ることなどあり得ない。

「天子さまに弓を引いてはならぬ。その時は武器を置いて降伏いたせ。それ以外では堂々と戦うべし！」

「はッ、承知いたしました！」

義時の言葉に安心した泰時が駆け戻っていった。この泰時の言葉こそ御家人たちが持っていた気持ちだった。上皇軍なら何《な》んとかなるが、天子さまだけは何があっても弓矢を向けることは駄目だということである。

この話が風に乗ってあちこちに伝わった。

そういうことならやろう。たちまち軍勢が集まり、二十五日には東海道軍十万騎、東山道軍五万騎、北国道軍四万騎の大軍勢が集まり出した。

頼朝の奥州合戦の二十八万騎には勝てないが、十九万騎という凄まじい大軍が京に向かって三方向から進軍を開始した。

鎌倉では政子、義時、広元、入道康信らが鎌倉軍の勝利のため祈禱を始めた。

朝廷や院の命令で、各地の寺社では必勝祈願や怨敵調伏の祈りが行われている。

朝敵になった義時に味方する者は少ないだろうという上皇の読みは外れた。鎌倉の御家人は権威では動かない。

実利が欲しい。

それは長年虐《しいた》げられてきた武家の本音だ。

貴族社会の中で武家は低い身分や待遇に甘んじてきた。それを飛躍させたのが、政子の言う頼朝なのだ。

その恩を忘れず、自らの地位を戦って守れと政子が説いた。

政子の話を聞いた御家人たちは、再び昔のように、貴族の下で虐げられるのは嫌だと自覚したのである。

この時、鎌倉はようやく自立したのかもしれない。

鎌倉を発った泰時は二十六日にはまだ駿河の手越《てごし》にいた。続々と集まってくる東国の御家人たちの合流を迎え入れた。

二十八日には遠江まで進軍して天竜川《てんりゆうがわ》を渡河した。

この頃、鎌倉軍の動きが後鳥羽上皇にも伝わった。

「鎌倉軍は雲霞《うんか》の如し、その数を知らず！」

この知らせに、院はおろか朝廷も京も大騒ぎになった。

「鎌倉軍が攻めてくるそうだ！」

「なにを慌てているんだ？」

「鎌倉軍だ。坂東の野蛮な兵が攻めてくるそうだ！」

「どこに？」

「ここだよ。京だ！」

「馬鹿言え、上皇さまが軍を集めておられるではないか？」

「数が、数が違うんだ！」

「大軍か？」

「五十万騎だと！」

「ご、五十万騎って、お前、凄い数じゃないか？」

「そうだ。先頭が京に入っても、尻尾がまだ鎌倉だと！」

「ゲッ、そんな大軍か？」

「奥州合戦の時もそうだったらしい……」

「馬鹿野郎、お前、早く逃げないと危ないじゃねえか！」

「だから、わしは丹波《たんば》に逃げる！」

「丹波、わしはどこに行けばいい？」

「そんなこと知るか、近江の方から攻めてくるそうだから、逃げるのは西か南だ！」

「西か南？」

とりあえず持てるものを持って都から出ようとする。その都が戦場になったのは六十五年前の保元《ほうげん》の乱が初めてである。その後の平治《へいじ》の乱でも、両軍合わせても四千騎ばかりでしかなかった。

それでも人々はそのことを覚えていた。

それが五十万騎というのだから、馬鹿を言っちゃいけないよという話だ。そんな大軍が京のどこに来るというのだ。

そんな大軍のいる場所がない。食い物だってないだろう。

「兎《と》に角《かく》、命が惜しかったら都から逃げることだ！」

「もう会えないか？」

「そんなことわからねえ、何んとしても生き延びることだ！」

「そうだな……」

京のどこもかしこも逃げる話だ。

朝廷もてんやわんやの大騒ぎだ。京にいる軍同士の戦いではなく、遥かに遠い鎌倉から大軍が押し寄せてくるという恐怖が都を包んだ。

鎌倉軍が攻めてきたなら戦うしかない。

寄せ手は朝敵、こちらは官軍なのだ。負けるはずがない。気丈な後鳥羽上皇は迎撃態勢を取ることにした。

北国道方面の朝時軍には仁科盛遠《にしなもりとお》軍を派遣する。

東海道と東山道方面の時房、泰時軍と武田信光軍には、藤原秀康を総大将に三浦胤義、大内惟信、山田重忠《やまだしげただ》軍一万七千五百余騎を派遣して、美濃と尾張の国境である木曽川《きそがわ》で防衛することにした。

上皇軍が続々と京から出陣する。

鎌倉軍の十九万騎に対して上皇軍は数万騎ほどでしかなかった。上皇の目論見《もくろみ》は逆で上皇軍が二十万騎、鎌倉軍が集まらず二、三万騎と見ていた。

だが、政子の説得と広元の謀略が、上皇軍に走ろうとする御家人の足を完全に止めた。最早どうしようもない兵力差である。

上皇軍が六月五日に美濃の木曽川に布陣すると、翌六日に鎌倉軍が尾張の木曽川に姿を現した。

両軍が大河を挟んで対峙《たいじ》する。

木曽川の北岸に上皇軍、南岸に鎌倉軍が陣を敷いた。その兵力差は誰が見ても歴然であった。

「陣を敷けッ！」

「兵糧を使えッ！」

「間もなく川を押し渡るぞッ、もたもたするなッ！」

「浅瀬を探せッ！」

鎌倉軍十万騎が木曽川の南岸に続々と集結してくる。後からあとから押し寄せて、空いている場所に押すな押すなと言いながら迫ってくる。味方同士が布陣の場所取りで喧嘩《けんか》になった。

それを北岸の上皇軍が見ている。

その上皇軍は東山道から来る武田信光軍にも対峙しなければならない。

武田、小笠原長清《ながきよ》軍五万騎が大井戸《おおいど》に布陣していることがわかり、大内惟信と高桑大将軍《たかくわたいしょうぐん》と呼ばれる男が二千騎で向かった。

美濃高桑の高桑一族の長老が、朝廷から大将軍に任命されてそう呼ばれている。その大将軍は旗印に高桑と大書した旗を立てていた。

大将軍はどこから見ても目立つ。戦いでは目立つことが大切だった。ところが、あまり目立ちすぎて、川に潜っていた小笠原の郎党で、荒三郎という十九歳の男に射貫かれて戦死することになる。

上皇軍は数が少なく圧倒的に不利だった。

その上、南からの鎌倉軍十万騎と東からの武田軍五万騎に挟《はさ》まれた恰好《かっこう》になった。一万七千五百余騎が十五万騎に挟まれては戦いようがない。

それでも上皇軍は強情に戦い続けた。

戦わずに京へ引くわけにはいかない。逃げれば間違いなく追撃されるだろう。

鎌倉軍は戦い方を知っている。

「押し渡れッ！」

「流されるぞッ、踏ん張れッ！」

「徒歩《かち》の者は浅瀬に回れッ、溺《おぼ》れるぞッ！」

六月の雨でまだ少し川の水が多かった。夏になると水量は半分ほどになる。その川を次々と人馬が渡河を始めた。

「放てッ！」

「射殺せッ！」

北岸から上皇軍が一斉に矢を放つ。川に落ちて溺れる者も少なくないが、いかんせんあまりの大軍で南岸がざわざわと動いているようだ。

「川に沈めろッ!」

「川岸で討ち取れッ、川に押し戻せッ!」

「這《は》い上がれッ!」

「この野郎ッ、尻を押し上げろッ!」

木曽川を押し渡ろうとする鎌倉軍と、逆に川で溺れさせようという上皇軍の河《か》畔《はん》での攻防だ。

戦いは一進一退だが、数の多い鎌倉軍がのそのそと北岸に這い上がってくる。

大井戸渡《わたし》でも上皇軍と武田軍の矢合戦が始まった。

雨あられと降り注ぐ矢の下をくぐって両軍が激突する。五万騎に対して二千騎が突撃していく。死なばもろともの壮絶な戦いだ。

双方が必死の戦いで混戦になったが、上皇軍はあまりにも数が少な過ぎた。高桑大将軍が戦死すると劣勢がはっきりしてくる。

鎌倉軍が続々と川を渡り、上皇軍がグイグイと押され、ついには大軍に呑《の》み込まれて、上皇軍は押し潰されるように敗北した。

この時、上皇軍の藤原秀康と三浦胤義は戦いを支えられないと判断して、墨俣《すのまた》砦《とりで》を放棄すると、次は宇治《うじ》と瀬田《せた》で守るしかないと退却していた。

鎌倉軍が墨俣砦に押し込んだ時にはもぬけの殻になっていた。山田重忠だけは杭瀬川《くいせがわ》で踏み止まって奮戦したが、総崩れになった上皇軍を立て直すことができず、鎌倉軍に押し潰されて大敗北となった。

この美濃木曽川での敗北が、十日には都に伝わってきた。

美濃で上皇軍を打ち破った鎌倉軍にはもう怖いものはない。京を目指して大軍が先を争って進軍を開始した。

手柄次第で恩賞は思うがままなのだ。

ここで働かなければ末代までの恥になる。子々孫々にまで情けないご先祖さまと言われたくない。

味方を押しのけてでも前に出なければ話にならない。後ろに陣取ったのでは手柄は転がってこないのだ。自分で手柄を探しにいくしかない。

勝ち戦だとわかると、どんな大軍でも勢い付いて攻撃力が倍増する。

逆に敗北が伝わった都は大混乱だ。

すると同日、後鳥羽上皇は武装して院を出られ、自ら指揮を執るために比叡山《ひえいざん》に赴くと、延暦寺《えんりやくじ》の僧兵の援軍を要請した。

だがこの時、上皇は社寺抑制策を実施していて比叡山とはうまくいっていなかった。それが災いして、延暦寺の僧兵は出陣を拒否した。

上皇の読みは甘かった。

取り敢えず上皇は寡兵ながら、宇治や瀬田方面の守備を固めるよう指図をした。

上皇が当初見込んだような、鎌倉軍からの離反も寝返りもないため兵力不足になり、上皇は西国の武士団に急遽《きゆうきよ》参戦するよう命令を出した。

朝廷の権力で軍を集めるしかなくなった。だが、戦いが始まってからのことで、都を護る戦いに間に合うか疑問だ。

上皇が考えていたより鎌倉軍の進軍がかなり早かった。

それが都を知る広元と入道康信の素早い作戦だったのである。上皇軍が集まるには、そこそこのもたつきがあると読んでいた。

その間に鎌倉軍が急行して都を包囲してしまう。その間一ケ月と見た。

作戦が的中する。

緒戦で負けた上皇軍が慌てて兵を集め出しても、戦いには間に合わない可能性が高くなっていた。

そこが戦いを知らない後鳥羽上皇の弱点だった。

鎌倉軍十五万騎が上皇軍を踏み潰して京に押し寄せてくる。北国道には四万騎の朝時軍が京に向かって進軍していた。

こうなっては王城の地は風前の灯火《ともしび》である。

それでも、負けるはずがないと信じる後鳥羽上皇は戦いを継続した。

京を目前に鎌倉軍は瀬田方面から攻撃する時房軍と、宇治方面から攻撃する泰時軍に別れた。

二方面から京に侵攻しようという。

王城の地は攻めやすく守りにくいといわれている。京七口といって入口が七ケ所あり、そこを守りきるのはほぼ不可能だからだ。

天子のおられる都は攻められないことが基本と考えられた。従って、御所には塀《へい》はあるが都を塀で囲むこともしない。

その都を土塁で囲もうとしたのは、後の秀吉だけである。

天子のおられる都はいつの世も平穏でなければならない。そういうことなのだ。それが、この鎌倉軍の攻撃で初めて破られる。

一方、北国道の朝時軍四万騎も奮戦していた。

北条朝時は越後を始め、北国の兵を集めながら京に向かう。

五月三十日には宮崎定範《みやざきさだのり》が守る蒲原《かんばら》を突破、宮崎城も一気に落とすと、大軍を率いて越中に侵攻、六月九日には砺波山《となみやま》での戦いにも勝って、怒濤《どとう》の進撃で京に向かっていた。

この砺波山の戦いで、京から派遣された仁科盛遠が戦死した。

盛遠は信濃《しなの》安積《あずみ》仁科に領地を持つ鎌倉の御家人だったが、後鳥羽上皇の熊野御幸に供奉《ぐぶ》した折に、上皇に気に入られて院の西面武士となった。

これが無断だと執権の義時に咎《とが》められた。義時が信濃守護を兼ねていたからである。

盛遠は義時に領地を没収された。

そこに院と鎌倉が手切れになって戦うことになる。盛遠は大内惟信、友野遠久、志賀五郎、大妻兼澄、福地俊政、井上光清らと上皇軍に参戦した。盛遠の後継は次男の仁科次郎三郎盛義が次いで、鎌倉四代将軍藤原頼経に仕える。

盛遠は上皇に味方したことで死後に従四位に上階、仁科家の祖となった。

仁科盛遠の戦死で、朝時軍の南下を止められる者がいなくなった。

鎌倉軍十五万騎が瀬田方面と宇治方面に集結すると、六月十四日に上皇軍に対する総攻撃を開始した。

比叡山延暦寺に援軍を拒否された後鳥羽上皇は、残った全兵力を瀬田方面と宇治方面に投入して戦うしかない。宇治川で鎌倉軍の攻撃を防ぐしかない。

公家たちも参戦する戦いになった。

すでに六月十三日に、上皇軍と鎌倉軍は激突していた。

上皇軍は宇治川の橋を落として鎌倉軍の進軍を止める。そこに大雨のように矢を降り注いで渡河する人も馬も射殺す。

必死の防戦だ。

宇治川を渡られたら万事休す。京の防衛にはそれほど宇治川の守りが重要だった。

この後、瀬田の唐橋《からはし》を制する者は天下を制するという言葉が生まれる。宇治川は川幅もあり水量も多く流れも速い。

都は目と鼻の先だがこの宇治川を渡河するのが難儀だ。

鎌倉軍が攻めあぐねてもたついている間に、大雨が降り出して益々渡河するのが難しくなった。

「本日の攻撃は中止だッ！」

瀬田方面の大将北条時房がついに上皇軍を攻めきれなかった。

無理押しすれば宇治川に溺れて山のような溺死者が出る。戦いの戦死者なら仕方ないが、そんな犠牲は出せない。

攻撃は翌日に日延べになった。

「今日の渡河はない。この雨では抜け駆けもできまい。溺れ死ぬのがおちだぞ！」

「見張りを立てて寝るのが一番だ」

「こんな雨では眠れねえ……」

「戦は寝るのが勝つ秘訣《ひけつ》だ。寝不足じゃ勝てまいが？」

「そうだが、眠れねえな……」

「兵糧はあるか？」

「なにか食えば眠れる。兎に角、横になれ！」

兵たちは目をギョロつかせて恨めしそうに降る雨を見ている。誰もが興奮してなかなか眠れない。

こういう時にグウグウやる奴が豪傑だ。

承久の乱

承久三年六月十四日の夜が明けた。

武将たちは宇治川を渡河できるか見にいく。その中に佐々木定綱《さだつな》の四男で四郎《しろう》信綱《のぶつな》という男がいた。

「おう、四郎殿、どう見る。押し渡れそうか、溺れ死ぬことはないか？」

「うむ、昨日の雨で水かさが多いな。溺れるかもしれん……」

「ここまで来て溺れるのは嫌だ」

「御大将がどう指図されるかだな？」

そう言いながらも信綱は何んとか渡河できるのではないかと川を見ている。陣に戻ると出陣の支度を始めた。

一番乗りしてやると心に決めた。

戦いでは一番乗りが最高の手柄だ。鎧《よろい》兜《かぶと》に弓矢と太刀、乗馬する馬の調子を見て渡河できると判断した。

危険な判断である。だが、やるしかない。

信綱の兄の広綱《ひろつな》は上皇軍の中にいる。兄弟で戦うのはつらい。戦場で出会わないことを祈る。

四郎信綱は、渡河を決意、芝田兼義、中山重継、安東忠家《あんどうただいえ》らと宇治川に入った。

川の流れが速く上皇軍からびゅんびゅんと矢が飛んでくる。川の中州までは何んとか辿《たど》り着いたが、そこから先にはさすがに進めそうにない。

宇治川の中州で立往生になった。

上皇軍に狙われる。

「重綱《しげつな》、総大将に援軍を頼んでまいれ！」

信綱は息子の重綱を大将の泰時の本陣に向かわせることにした。重綱が馬で川を戻っていった。

上皇軍の矢をよけながら援軍を待つしかない。

宇治川は鳰海《におのうみ》から流れ出るただ一本の川で、摂津の海に流れ込んでいる。

何んとも具合の悪いところに立往生になってしまった。無理に渡れば狙い打ちで射貫かれてしまう。

動くに動けない。

味方が、どうなることかと河岸から見ている。

そこへ泰時が、息子の時氏《ときうじ》十九歳を大将に援軍を派遣してきた。信綱は時氏と一緒に中州から川の半分を渡河していった。

降り注ぐ矢を兜で跳ね返し鎧で防ぎながら、強引に押し渡っていくと対岸に躍り上がった。

「われこそは近江の住人、佐々木四郎信綱なり。われこそと思わん者は遠慮なくお出会い召されッ！」

名乗り叫びながら敵軍に突進していった。

この佐々木信綱の敵前渡河は、続く者に多くの溺死者を出したが、鎌倉軍が続々と渡河して、上皇軍の陣を突破することに成功した。

「踏み止まれッ！」

「押し返せッ！」

上皇軍の命令はもはやむなしかった。

陣は踏み荒らされ、踏み潰されて大軍の通った後には何も残らない。死にたくないものは一目散に潰走《かいそう》する。

上皇軍が崩壊して都を護る術《すべ》がなくなった。

鎌倉軍は夕刻には都に迫ってきた。

藤原秀康、三浦胤義、山田重忠らが御所に駆けつけて、最後の一戦をしようとしたが、上皇は門を固く閉じて追い返した。

「大臆病の君ッ！」

山田重忠はそう上皇を罵《ののし》って門を叩《たた》いて憤慨したという。

戦いは終わった。

その夜、鎌倉軍が都に雪崩《なだ》れ込んでくると、上皇方の公家の屋敷、武家の屋敷、寺社にまで火を放ち、一晩中略奪暴行の限りを尽くした。

この略奪暴行は兵たちの恩賞の一部と考えられ、この習慣は各地で長く続くことになる。

そんな中で、門を閉ざした御所から後鳥羽上皇の使者が出て、鎌倉軍の総大将北条時房と泰時に会った。

上皇の言い分は、この度の乱は謀臣たちの企てである。

よって鎌倉の義時の追討の院宣は取り消し、藤原秀康、三浦胤義らを捕らえる院宣を下すというものだった。

ここに後鳥羽上皇の権威は失墜した。

上皇に見捨てられた上皇軍の生き残りの藤原秀康、三浦胤義、山田重忠らは、わずかな兵と都の南の東寺《とうじ》に逃げ込んで立て籠《こも》った。

その東寺に軍を率いて向かったのが寺に籠る胤義の兄の三浦義村だった。

この時、二人は対面したというが、胤義が会いたかったと言ったのに、兄の義村は痴《し》れ者と話す気はないと言って立ち去ったと伝わる。

その後、三浦義村軍に攻撃されて、藤原秀康と山田重忠が逃げ出してしまう。胤義は息子の胤連と兼義と一緒に西山《にしやま》の木嶋に行き、太秦《うずまさ》の木嶋坐天照御魂神《このしまにますあまてるみたまじん》社《じゃ》にて自害した。

鎌倉に残してきた子らも長子一人を残して全て処刑された。

山田重忠は東寺から逃げ延びたが、嵯峨般若寺山《さがはんにゃじやま》にて自害する。藤原秀康は奈良に暫《しば》く潜伏し、河内まで逃げたが、十月になって鎌倉軍の捕虜となった。秀康とその弟の秀澄は京に連れてこられて処刑される。

敵の大将の処刑は見せしめである。

秀康のもう一人の弟である藤原秀能《ひでよし》は優れた歌人で、熊野山に追放されて出家し、死を許されたが、後に島流しにされた後鳥羽上皇を慕って隠岐島《おきのしま》に渡る。

戦いの結果が「天下静謐《せいひつ》」と鎌倉に知らされたのは六月二十三日だった。

この時、執権義時はよほどうれしかったのか「義時の果報は王の果報に勝った」と口走ったという。

この乱に対する鎌倉政権の処断は苛烈だった。

七月に三上皇の配流が決定。

後鳥羽上皇は隠岐島、順徳上皇は佐渡島《さどがしま》に配流となる。

討幕計画に反対した土御門上皇は、父の院が流されるのであれば、自らにも責任はあると望んで土佐《とさ》へ配流となった。後に阿波《あわ》に移される。

後鳥羽上皇の皇子六条宮雅成《まさなり》親王は但馬《たじま》へ、同じく冷泉宮頼仁《よりひと》親王は備前《びぜん》に流された。

践祚《せんそ》はしたが即位の礼をしていない天皇は廃帝となった。

このことは明らかに義時のやりすぎであり、天皇の位に手を掛けたことは許されないことである。

わずか四歳の幼帝に罪のあるはずがない。

幼帝はわずか七十八日で廃帝となり、即位の礼も大嘗祭《だいじょうさい》も行われなかったことで、長い間、半帝とか承久の廃帝とか九条廃帝といわれた。

十七歳で崩御するまで廃帝は九条家で隠棲《いんせい》した。中宮の九条立子《たつこ》の産んだ皇子だからである。

天皇としての名もなく、諡号《しごう》の仲 恭《ちゅうきょう》という天皇号は明治《めいじ》になってからである。

ここに七十八日間の本朝最短の在位となる仲恭天皇が六百五十年後に誕生した。この罪は北条義時が一身で背負うべき大罪である。

このことから、北条義時は歴史上の朝敵となった。

決してしてはならないことを義時はした。戦いに勝って最高権力者となった義時に言い訳は許されない。幼帝を廃帝にした事実は消えない。

ちなみに明治になって諡号された天皇は三人である。

一人は三十九代弘文《こうぶん》天皇こと大友皇子《おおとものみこ》で、天智《てんぢ》天皇と天武《てんむ》天皇の、兄弟の天皇の間に挟まってしまった天皇である。

もう一人は四十七代淡路廃帝《あわじはいてい》で、唐で安禄山《あんろくざん》の乱が起こり、本朝では藤原仲麻《なかま》呂《ろ》の恵美押勝《えみのおしかつ》の乱が勃発、一人の女帝の孝謙《こうけん》天皇が称 徳《しょうとく》天皇と重祚《ちょうそ》し、二度天皇になるという間に挟まってしまった淳 仁《じゅんにん》天皇である。

三人目が八十五代の仲恭天皇であった。

臣下が天皇に手を下し廃帝にしたのは本朝では北条義時ただ一人である。

廃帝の後に高倉《たかくら》天皇の第二皇子で安徳天皇の弟、行 助法《ぎょうじょほう》親王の第三皇子茂仁《ゆたひと》王《おう》十歳を即位させ後堀河《ごほりかわ》天皇とした。

行助法親王には後高倉《ごたかくら》院の称号が与えられ、後鳥羽上皇から没収した莫大《ばくだい》な荘園が与えられた。だが、その荘園の支配権は鎌倉政権が握った。

鎌倉政権に近いため、後鳥羽上皇に拘束されていた西園寺公経《きんつね》が内大臣に昇進、鎌倉の意向のままに朝廷を主導することになった。

後鳥羽上皇の討幕計画に参加した者として一条信能、葉室光親《はむろみつちか》、源有雅《ありまさ》、葉室宗行《むねゆき》、高倉範茂《たかくらのりもち》らの公卿は鎌倉に護送される途中で処刑された。

坊門忠信は捕らえられると千葉胤綱《たねつな》に身柄を預けられ、処刑されるところだったが妹の信子姫が将軍実朝に嫁いでおり、その助命嘆願で遠江から京に戻って出家、死を免れて鎌倉の命令であらためて越後に流された。

他の院近臣もすべて流罪か謹慎処分になった。

また、処刑された藤原秀康、藤原秀澄、佐々木経高《つねたか》、後藤基清《ごとうもときよ》、河野通信《こうのみちのぶ》ら、上皇方の武士たちの多くが、粛清や追放にされた。

そんな中に広元の嫡男大江親広がいた。

広元は親広の嫡男佐房《すけふさ》が鎌倉軍の勝利に貢献したと助命嘆願し、祖父多田仁綱《ただのりつな》が目代《もくだい》を務める出羽寒河江《でわさがえ》に親広を隠棲させる。

大江親広は出羽に留まり寒河江家の祖となった。

熊野三山検校の長厳は奥州《おうしゅう》に流され七十七歳で死去する。

上皇に味方した佐々木広綱は斬首、弟の佐々木信綱は功を認められ、佐々木家の本貫地《ほんがんち》である近江《おうみ》の豊浦《といら》、堅田《かたた》、高島《たかしま》、朽木《くつき》、栗太《くりた》などの地頭職となった。

上皇方の公卿や武家の荘園三千ケ所が没収され、惜しげもなく鎌倉の御家人たちに恩賞として与えられた。

平家滅亡の時は荘園五百ケ所といわれた。

その量が六倍の領地である。その多くが西国にあった。鎌倉政権が武功に対する大盤振る舞いを行ったものだから、何が起きたかというと、鎌倉御家人が続々と西国に移住を始めたのである。

何が大事かといえば、御家人には領地であった。

領地さえあればなんとかなるもので、西へ西へと御家人たちが動き出した。後にこの現象を東国武士団の西遷《せいせん》といった。

ここに東国の鎌倉が全国の鎌倉に一段も二段も権力を強めた。

それは貴族社会から武家社会への転換であるとともに、本朝は九州から大和へと西国が先に発展し、基盤となった。

それがこの戦いによって鎌倉までと、発展の翼を東国に広げたのである。歴史にもしもはないが、この時もし、奥州平泉に藤原家が残っていたら、本朝の歴史はもっとおもしろくなっただろう。

激烈を極めたこの大合戦は、あちこちに様々な模様を描いた。

源家と縁の深かった亡き一条高能の弟一条信能は、京で六月二十四日に捕縛された。

すぐ処刑されるところだったが、信能は義時の命令で、遠山景朝《とおやまかげとも》が鎌倉に護送することになった。

七月五日に遠山景朝の領地である美濃遠山岩村に到着する。

義時は源家に近い一条信能を助命するかと思われたが、その一ケ月後の八月四日に信能は斬首された。

源家の縁者を助ける気は義時にはない。

その一条信能の弟で僧侶の二位法印尊長《そんちょう》は、兄の信能と芋洗《いもあらい》方面で幕府軍と戦っていたが、敗戦が濃厚になってくると、乱戦の中から脱出して行方不明となった。

六年間もあちこちに潜伏して逃げていたが、北条義時の死後、京に戻ってくると再び二位法印尊長は鎌倉討伐の謀反を計画するが、六波羅探題《ろくはらたんだい》の北条時氏の家臣に見つかり捕縛される。

その時、大暴れをして二人の武士に怪我を負わせ、自害しようとするが失敗して六波羅に運び込まれたという。

その尊長が誅殺される前に重大なことを口走る。

「早くわしの首を斬れ、さもなくば義時の妻が義時に飲ませた毒で早く殺せ！」

「なにっ！」

途端に騒ぎになった。

二位法印尊長は執権北条義時が、妻の伊賀の方に毒殺されたと叫んだのである。

これには執権泰時の長男で探題の北条時氏と、北条時房の長男北条時盛《ときもり》が仰天した。そういう噂はあった。

「嘘を言うとただでは済まさぬぞッ！」

「ふん、うぬは馬鹿か！」

「なんだと、わしを愚弄する気かッ！」

「拙僧は今から死ぬ身だぞ。嘘など言わんッ！」

尊長が大声で言い返した。

その尊長は嘉禄《かろく》三年（一二二七）六月八日に六波羅で処刑された。このことによって義時毒殺の噂が広がることになる。

思わぬところで思わぬことが起きるものだ。

後鳥羽上皇と執権北条義時が戦った乱が終息した八月九日に、頼朝に信頼され鎌倉政権を支えてきた三善入道康信が死去した。八十二歳の長寿を生きた。

その官位は六十年前に授かった五位のままである。

激動の中で頼朝に捧《ささ》げた一生だったといえる。

この頃、鎌倉では全国に新たな地頭が大量に任命された。

この承久の乱と呼ばれる大事件の後、明治まで六百五十年もの長い間、朝廷は武家政権に押さえ込まれることになる。

そういう意味ではこの承久の乱こそ、本朝における最大の事件といえるだろう。

流人の源頼朝が夢見て目指した武家社会が、多くの犠牲を払いながらここに完成したといえる。

代替わり

その武家社会の頂点に立っていたのは、頼朝の源家ではなく政子と義時という平家の北条であった。

この事実をどう読み解くのかがこの物語である。

乱の残照は、鎌倉にも朝廷にも全国に散らばった御家人たちにも射し込んだ。

後鳥羽上皇は配流になる前、出家して後鳥羽法皇となった。

その配流を決めたのは総大将の泰時といわれるが、もちろんそこには執権義時の許可が必要である。

隠岐に流された後鳥羽法皇は海士村《あまむら》の源福寺《げんぷくじ》に住み、四十一歳から六十歳までの十九年余を過ごされた。その間、愚管抄を現した慈円《じえん》や九条道家《みちいえ》などが、還京を鎌倉に嘆願するが受け入れられることはなかった。

北条一族はそれほど法皇を恐れたのである。

「わが子孫が世を取ることあらば、それはすべてわが力である」と、法皇は置き文を残したと伝わる。

法皇は相当個性の強い方であったようだ。

だが、生きて都に戻ることはなく、死後に火葬された遺骨が京の大原三千院《おおはらさんぜんいん》に帰られたという。

歌人としての法王は歴代の天皇の中でも屈指といわれる。

また、鍛刀《たんとう》を好み、備前一文字則宗《びぜんいちもんじのりむね》などの刀鍛冶《かじ》を召して作刀させると、自ら焼刃を入れて十六弁の菊紋《きくもん》を毛彫《けぼ》りしたという。

それが皇室の菊紋使用の始まりともいう。

また、土御門上皇は、後に都に近い阿波に移され御殿を造営するなど、鎌倉は粗略にせず厚遇したという。十年後に宝算《ほうさん》三十七にて崩御する。

順徳上皇は二十一年の長きを佐渡の真野《まの》で過ごされた。

そのお住まいは樹皮のついたままの木材で造られ、実に粗末な小屋で、それでも黒木《くろき》御所と呼ばれた。

自分の皇子である忠成王《ただなりおう》が鎌倉に排除され、土御門上皇の皇子が後嵯峨《ごさが》天皇として即位したため、自分の一族を排除する鎌倉の意思を感じた上皇は、断食をされて命を絶ったという。

その遺骸は真野山で火葬されて、遺骨は阿仏房によって佐渡を出ると、父の後鳥羽法皇のおられる大原に向かわれ、法皇の遺骨とともに法華堂に納められたと伝わる。宝算四十六を数えた。

順徳上皇には伝説があり、出羽小田島《おだじま》に阿部頼時《あべのよりとき》という豪族がいて、上皇が佐渡に流されたと知ると、船を出して佐渡に渡ったという。

頼時は上皇の家臣で、院に仕える西面武士だったともいわれる。

阿部頼時は島から上皇を救い出すと出羽酒田湊《さかたみなと》に向かい、最上川《もがみがわ》を遡《さかのぼ》ると大《おお》石田深堀《いしだふかぼり》というところに上陸した。そこには清水《しみず》が湧き御前《ごぜん》清水といい仮宮を営まれたと伝わる。そこには御前神社が建立され近隣の人々の信仰を集めた。

その神社は七百七十余年の歳月を別当の芳賀《はが》家によって守られ現存する。

頼時は最上川の上流の深堀にほど近い寒河江に、上皇方で戦った大江親広が隠棲していることを知り、さっそく寒河江に向かうが親広は既に一年ほど前に他界していた。

そこで頼時は仕方なく最上川の支流の丹生川《にゅうかわ》の上流、船形山《ふながたやま》の奥深くに上皇をお連れして匿い御所を構えた。

以来、船形山を御所山《ごしょざん》と呼ぶようになる。

上皇は寛元《かんげん》四年（一二四六）に崩御《ほうぎょ》され天子塚《てんしづか》が営まれ、その御所跡には御所神社が創建された。

古くからこの御所神社があり、御所宮《ごしょのみや》とか天子塚などとその痕跡が残っている。

その地は宮沢《みやざわ》とか正厳《しょうごん》と呼ばれる。

宮沢は御所宮のある沢でいいと思う。正厳は荘厳であり、厳かに整えるとか立派に美しく厳かに飾るなどの仏語である。

このような伝説は伝説であるがゆえに謎めいて美しいのだろう。どこかもの悲しくさえ感じる。

承久の乱が収束すると、年が明けた翌承久四年（一二二二）四月十三日に朝廷は改元を行う。後堀河天皇の践祚《せんそ》による改元といい、貞応《じょうおう》元年四月十三日とした。

三上皇の遠流と天皇の廃帝という、あってはならない未曽有の大事件によって、公武ははっきりと分離し、干渉しながらも住み分けることになる。

この大乱の戦後処理で最も活躍したのが尼将軍の政子だった。

それは朝廷との戦いを渋る多くの御家人たちを、戦いに奮い立たせたのが政子だったからでもある。

その政子の意思を執行した執権義時は、歴史の渦の中で逆賊の汚名を着ることになった。

時代によって義時の評価はわかれるが、三上皇の遠流と幼帝を廃帝にした罪は永遠に免れることはできないだろう。

朝廷には伝統的に死罪という処分はないから遠流というのが常だ。

この大乱後の都も鎌倉も落ち着きを取り戻すと、気持ち悪いほど静かになり戦い疲れたのか、それとも何がどうなったのかを考えるためか、天下静謐どころか全国がふぬけになったようだった。

その後二年半ほどは、取り立てて記すべきほどのこともなく、平穏過ぎるほどの日々が流れる。

むやみに元気がいいのは、しこたま恩賞の領地を手に入れて、一族郎党を引き連れ西国に移住する御家人や地頭たちだ。

この大乱が何をもたらしたかなど考える暇などない。

「もたもたするな。西国は遠いんだ。置いていくぞ！」

「何をもたらしたかだと？」

「この戦でか？」

「馬鹿なことを聞くもんじゃねえ、決まっているだろうよ。恩賞の莫大な領地をもたらしただけだ。そなたは荘園を幾つもらった？」

「なにッ、一つももらっていないだと、そなた戦いの最中に寝ていたのか、あきれたものぐさだな。こんなに恩賞のもらえる戦はもう百年はないぞ！」

その百年後には、後醍醐天皇と足利尊氏による建武の大乱が勃発する。その建武の大乱は、この承久の戦いで失った領地を、貴族が取り戻そうとして起こった戦いであった。

後醍醐天皇は一時的に全国の土地を武家から返上させ手に入れるが、建武の親政では全国の土地を治めきれず足利尊氏の台頭を許すことになる。

承久の戦いから三年後、貞応三年（一二二四）六月十三日に北条義時が急に死去する。六十二歳であった。

ついに十三人の合議制は広元一人になった。

この義時の死については、あまりに急で色々と噂がささやかれた。

中でも承久の乱で上皇方に味方し、義時の死から三年後に、六波羅探題の北条時氏の近習の菅十郎左衛門に捕縛されたのが二位法印尊長だった。

この僧は一条能保の子で、義時の妻伊賀の方の娘を妻にしていた義時の側近一条実雅《さねまさ》の兄である。

尊長は捕まって自害しようとするが、失敗して「早く首を斬れ、さもなくば義時に妻が飲ませた薬で拙僧を殺せ！」と叫んだ。

驚いた時氏らが問い詰めると「今から死ぬ身で嘘など言わん！」と言う。その尊長は六波羅探題で誅殺される。

このように、急死した頼朝と同様に、義時の突然の死も謎に包まれた。歌人の藤原定家は明月記《めいげつき》の中で義時毒殺を疑っている。おそらく、京の人々に義時は憎まれていただろうからそういう噂が立つのも仕方がない。

だが、義時の死後すぐに怪しげな事件が起きるのも事実なのだ。

泰時はこの時京にいたのだが、すぐ鎌倉に戻る。その頃、京にいて六波羅探題を務める叔父の時房を急遽、鎌倉に呼んで将軍の後見人とする。

だが、北条泰時と北条一族の長老である時房の間で主導権争いが起きる。

閏《うるう》七月になると伊賀の方が陰謀を企てた。

執権北条義時が死去すると、伊賀光宗《みつむね》と、その妹で義時の後妻になった伊賀の方が、自分の産んだ北条政村《まさむら》二十歳を執権にしたいと望み、同時に娘婿である一条実雅を将軍にしようと画策した。

この時、義時の後継者に相応しいのは三人いた。

義時死去の時、京にいた泰時四十二歳、鎌倉にいて葬儀を仕切った朝時三十二歳、伊賀の方の産んだ政村である。

だが三人にはそれぞれ事情があった。

泰時は長男だが正室の子ではなく、大倉御所に勤めていた加地信実《かじのぶざね》の娘が産んだ庶子《しょし》である。

朝時は正室の姫の前が産んだ嫡男だ。

だがある時、大倉御所の女房の局に忍び込み、将軍実朝の逆鱗《げきりん》に触れ父義時に義絶《ぎぜつ》された前科がある。

そこに義時の継室の伊賀の方の陰謀が生まれた。

娘婿の一条実雅は、承久の乱で死んだ一条信能と二位法印尊長の兄弟であり、頼朝の甥にあたる。

そこで伊賀光宗は御家人の実力者の三浦義村と手を結ぼうとする。

義村は政村の烏帽子《えぼし》親でもあり親しかった。鎌倉で勢力を拡大したい義村はこの謀略に同意する。

ところが伊賀光宗と伊賀の方の不穏な動きを政子が察知した。

さすがは政子と言うしかない。すぐ車大路の三浦義村の屋敷に向かい、本人と直に対面する。

「義村殿、どうしたことか？」

「はて、この義村、尼御台さまに叱られるようなことをいたしましたかな？」

「叱りなどしません。伊賀のことじゃ。鎌倉の長老ともあろうお人が、あのような女狐《めぎつね》一匹にたぶらかされてなんとします」

「これは、これは、あのお方は女狐でございましたか、この義村、狐に取りつかれるほど耄碌《もうろく》はしておりません」

「まことか？」

「お疑いであればこの腹を掻《か》っ捌《さば》いて、白いか黒いか尼御台さまにお見せしてもよろしいですが……」

「ふん、わらわの腹も相当に黒い。そなたの腹が白いはずがなかろうに……」

「何んともお見通しで……」

義村が頭を掻《か》きながらニッと笑って尼御台に降参した。

「政村では天下は治まるまいぞ？」

「尼御台さまはやはり？」

「うむ、泰時しかおるまい。そなたが支持してくれれば安泰じゃ、そうだろう?」

「恐れ入ります。尼御台さまの思《おぼ》し召《め》しのままにいたします」

「では、そうしましょう」

政子は義村の同意を取り付けると素早かった。

京から戻ったばかりの泰時を素早く執権に就任させた。政子は今さら鎌倉の実権を源家の一族に戻す気はない。

鎌倉の政権は自分と北条家のものだと考えていた。

ここに伊賀光宗と伊賀の方の鎌倉政権乗っ取り計画は頓挫《とんざ》した。この事件の処分は素早かった。

八月になると伊賀の方は伊豆北条に送られ幽閉、光宗は信濃に流され、一条実雅は妻と離別させられ越前に配流となった。

その四年後に実雅は配流先の越前で変死したという。

政村の処分には兄の泰時が反対してお構いなしとなる。この後、政村は北条一門として泰時を支え、六十歳で七代目執権に就任する。

この伊賀光宗と伊賀の方の謀反の風聞について、泰時はそんな陰謀はなかったと否定している。

実はこの事件の真相は、頼朝が亡くなり今また義時が亡くなり、権力の基盤を失った政子が、鎌倉殿や北条家が代替わりすることで、鎌倉において自らの影響力が極端に低下することを恐れたため、義時の妻の伊賀の方を強引に潰してしまおうとでっち上げた事件だったのである。

六十八歳の政子はそういうことを平気でする恐ろしい一面を持っていた。悋気《りんき》の大将と言われる激しい気性がそうさせないではいられないのだ。この政子のためにどれだけの人が犠牲になったか、最大の被害者は滅亡してしまった頼朝の源家だったのかもしれない。

十一月二十日に朝廷は天変災旱《さいかん》による改元を行う。貞応三年十一月二十日が元《げん》仁《にん》元年十一月二十日となった。疫病が流行《はや》り始めている。

一ケ月余りで元仁二年（一二二五）の年が明けた。

正月早々、泰時と鎌倉の主導権争いを演じた叔父の時房は京に戻ってしまう。

春になっても疫病の猛威は治まらなかった。

ついに四月二十日になって朝廷は改元する。元仁年間はわずか五ケ月間であった。

何んとしてもこの疫病をやり過ごさなければならない。元仁二年四月二十日が嘉禄《かろく》元年四月二十日となった。

この改元は疱瘡《ほうそう》の流行によるものだが、改元を知った鎌倉が不快を表わしたという。嘉禄になった理由はわからないが「軽ろく」に通じるということのようだ。

五月二十九日になると政子が病んだ。

この頃、大江広元も病に伏していた。その広元は痢病《りびょう》といわれ、下痢がひどく憔悴《しょうすい》しきっていた。

六月三日に政子の病状は持ち直したかに思われたが、七日には容態が再び悪化して八日の深夜には生きているうちに仏事が行われた。

六月十日に大江広元が死去した。七十八歳の長寿であった。

ついに十三人が誰もいなくなった。

京から鎌倉に下り、頼朝の創った鎌倉政権を支え続けた生涯だった。物心ついたころから泣いたことがないという冷静沈着な男が亡くなった。

この訃報を聞いて病臥している政子ががっくり気落ちしたという。頼朝と政子が最も信頼したのがこの広元だったのかもしれない。

大江広元の一族は出羽にいる嫡男の親広を始め、寒河江家、長井家《ながいけ》、毛利家《もうり》、伊波家などに広がっていくことになる。

政子の病状は一進一退が続いた。

六月十三日は執権義時の一周忌だった。十六日に政子は意識不明に陥ったが間もなく回復して意識を取り戻した。

政子の病も予断を許さない状況になる。病に伏した時から病気平癒の祈禱が続けられていた。

鎌倉を支えている尼御台である。

七月八日に政子は危篤状態になった。その尼御台を東の御所に移した。それでも鎌倉を支え続けてきた女将軍は踏ん張った。

力尽きたのは七月十一日の深夜、丑の刻《うしとき》（午前一時～三時）頃に恪気の大将の命の灯が消えた。由比ガ浜から吹いてくる夏の微かな鎌倉の風に吹き消された。

享年六十九歳。

八月二十七日に四十九日法要が行われた。施主は鞠子だった。

文暦《ぶんりゃく》二年（一二三五）春ごろに摂政九条道家が後鳥羽院と順徳院の還京を提案するが、執権北条泰時が受け入れなかった。

延応《えんおう》元年（一二三九）二月二十二日、まだ島は寒く、北からの強風で海が荒れる。その隠岐島の配所の粗末な御所で、後鳥羽法皇が崩御される。宝算六十であった。

一〇〇字書評

切り取り線

購買動機（新聞、雑誌名を記入するか、あるいは○をつけてください）	
□（　　　　　　　　　　）の広告を見て	
□（　　　　　　　　　　）の書評を見て	
□ 知人のすすめで	□ タイトルに惹かれて
□ カバーが良かったから	□ 内容が面白そうだから
□ 好きな作家だから	□ 好きな分野の本だから

・最近、最も感銘を受けた作品名をお書き下さい

・あなたのお好きな作家名をお書き下さい

・その他、ご要望がありましたらお書き下さい

住所	〒				
氏名		職業		年齢	
Eメール	※携帯には配信できません	新刊情報等のメール配信を 希望する・しない			

この本の感想を、編集部までお寄せいただけたらありがたく存じます。今後の企画の参考にさせていただきます。Eメールでも結構です。

いただいた「一〇〇字書評」は、新聞・雑誌等に紹介させていただくことがあります。その場合はお礼として特製図書カードを差し上げます。

前ページの原稿用紙に書評をお書きの上、切り取り、左記までお送り下さい。宛先の住所は不要です。

なお、ご記入いただいたお名前、ご住所等は、書評紹介の事前了解、謝礼のお届けのためだけに利用し、そのほかの目的のために利用することはありません。

〒一〇一－八七〇一
祥伝社文庫編集長　清水寿明
電話　〇三（三二六五）二〇八〇

祥伝社ホームページの「ブックレビュー」からも、書き込めます。

www.shodensha.co.jp/bookreview

祥伝社文庫

擾乱《じょうらん》、鎌倉《かまくら》の風《かぜ》 下《げ》 反逆《はんぎやく》の北条《ほうじょう》

令和 4 年 3 月 20 日　初版第 1 刷発行

著　者　岩室《いわむろ》忍《しのぶ》

発行者　辻　浩明

発行所　祥伝社《しょうでんしゃ》

東京都千代田区神田神保町 3-3
〒 101-8701
電話　03（3265）2081（販売部）
電話　03（3265）2080（編集部）
電話　03（3265）3622（業務部）
www.shodensha.co.jp

印刷所　堀内印刷
製本所　積信堂
カバーフォーマットデザイン　中原達治

 ISBN978-4-396-34789-5 C0193

〈祥伝社文庫　今月の新刊〉

西村京太郎
高山本線の昼と夜
特急「ワイドビューひだ」と画家殺人、大作消失の謎！　十津川、美術界の闇を追う！

馳月基矢
萌《もゆる》　蛇杖院《じゃじょういん》かけだし診療録
因習や迷信に振り回され、命がけとなるお産に寄り添う産科医・船津初菜の思いとは？

吉田雄亮
お江戸新宿復活控
一癖も二癖もある男たちが手を結び、問題だらけの内藤新宿を再び甦らせる！

岩室　忍
擾乱《じょうらん》、鎌倉の風（上）　黄昏《たそがれ》の源氏
北条らの手を借り平氏を倒した源頼朝は、鎌倉を拠点に武家政権を樹立、朝廷と対峙する。

岩室　忍
擾乱《じょうらん》、鎌倉の風（下）　反逆の北条
頼朝の死後、北条政子、義時は坂東武者を次々に潰して政権を掌中にし源氏を滅亡させる。

今月下旬刊　予定

今村翔吾
恋大蛇《こいおろち》　羽州《うしゅう》ぼろ鳶《とび》組　幕間
松永源吾とともに火事と戦う、あの火消たちの気になる〝その後〟を描く、初の短編集。